SKÅLJAMUND

SKÅLJAMUND

SAISON 1

Loïc Lendemaine

Éditions Loïc Lendemaine
68 boulevard Pasteur
95120 ERMONT

loic.lendemaine@gmail.com

Illustration de couverture : Richard Deulceux
https://rms_art.artstation.com/

ISBN : 978-2-919238-00-2
© Loïc Lendemaine 2019

Pour Sylvie, ma muse
Qui m'a inspiré et guidé dans l'écriture de cette histoire.

ÉPISODE I

LA NUIT DES ÉCAILLEUX

Par tous les dieux, il avait eu de la chance ! La mine venait de s'effondrer sur eux dans un effroyable vacarme, les prenant au piège dans les entrailles des Plaines de Kôr. Les oreilles encore bourdonnantes du fracas des pierres, titubant péniblement, Skåljamund le Péon tentait de reprendre ses esprits. Un poids mort pendait au bout de son bras, rendant difficile le moindre de ses mouvements. À tâtons, dans le noir absolu des mines d'osmium, il remonta maillon par maillon la chaîne qui l'entravait. Il tira un coup sec, sans réaction. Alors il comprit. Orlaf, son compagnon d'infortune et de mine, n'était plus qu'un corps sans vie au bout des liens d'acier qui les unissaient. Lui n'avait pas eu la chance de réchapper à l'éboulement. Continuant à palper dans le noir, il sentit sous ses doigts ce mélange poisseux de terre et de sang si caractéristique. Plus aucun doute n'était permis. Il allait falloir se débarrasser de cet encombrant fardeau, s'il voulait garder la moindre chance de s'échapper de ces galeries. Mais comment faire ? Il n'avait rien, ni clef ni outils susceptibles de le débarrasser de ses chaînes ! Sentant sur sa peau le contact de l'arête tranchante d'un roc fracassé, il n'hésita pas l'ombre d'un instant. Il attrapa par le bras le corps sans vie d'Orlaf, puis entreprit à l'aveugle, de se défaire de son carcan. Mieux valait traîner une chaîne dans son sillage que le cadavre d'un homme, surtout quand celui-ci était aussi laid qu'Orlaf !

Cela faisait bien des heures qu'il errait au hasard dans ce fichu dédale de galeries, se cognant la tête lorsque la hauteur du boyau baissait soudain, s'écorchant les mains sur les parois. Et toujours, ce bruit de chaînes qui l'accompagnait, qui s'amplifiait et résonnait. Il croyait devenir fou. Il allait s'asseoir sur le sol et renoncer lorsqu'il sentit sur son visage un courant d'air frais. La sortie était proche, il pouvait humer l'odeur si caractéristique du camp de base des mineurs. Il pouvait maintenant entendre les chants des gardes. Encore un dernier effort et il serait à l'extérieur de cette prison souterraine ! Rampant pour se faufiler dans l'étroit tunnel, il progressait lentement mais sûrement. Soudain, la voûte obscure se para de milliers de diamants. Les étoiles ! Il avait réussi ! À bout de souffle, tenaillé par la faim et la soif, il ne put retenir un juron de contentement. Un « Qui va là ? » sauvage s'éleva alors, aussitôt suivi de l'aveuglante lueur d'une torche. Un garde surpris se tenait devant la bouche béante de la mine, pointant sa lance. Devant ses yeux papillonnants, Skål décida de saisir sa chance et se jeta sur lui. Le choc fut rude, les envoyant rouler au sol dans un fracas de métal. Le souffle court, le garde se retrouvait empêtré dans sa cotte de mailles trop grande. Profitant de son avantage, Skål se saisit de la chaîne pendant à son bras et l'enroula autour de la gorge offerte du garde. Puis il serra. Serra fort, encore et encore, jusqu'à ce que les convulsions de la sentinelle cessent. Avisant le trousseau de clefs à la ceinture de sa victime, il s'en saisit et se libéra enfin de ses entraves de fer. Il en profita également pour récupérer les quelques piécettes de bronze qui garnissaient ses poches et la lance au fer aiguisé que le défunt avait laissé tomber dans sa chute. Accroupi, dans le silence le plus total, il s'assura que personne n'avait entendu la lutte. Rien, pas un bruit. Seul le clapotis de l'eau de la rivière troublait le silence des alentours. Les autres gardes étaient trop occupés à s'enivrer autour du feu, plus loin. Il se dirigea vers la berge. Les barques étaient là, amarrées sans surveillance. Il en détacha une et s'allongea dedans, savourant sa liberté retrouvée. Les dieux semblaient enfin lui sourire.

Après le labyrinthe de pierre, voilà qu'il se retrouvait entouré de flotte. Par tous les dieux, qu'est-ce que l'herbe verte lui manquait ! Ballotté par les flots de la rivière Avaine, il laissa errer son esprit, repensant à cette maudite nuit qui avait conduit à son incarcération. Il revit la taverne du Poulpe qui fume et Orlaf attablé à ses côtés. Ils parlaient fort, ils parlaient gras, et entrechoquaient avec vigueur leurs chopes au fur et à mesure qu'ils les vidaient. L'alcool avait coulé à flots cette nuit-là et c'est sans doute ce qui avait causé leur perte. « T'en es pas capable ! s'était écrié Orlaf, la bouche pâteuse. T'es pas chiche d'aller rejoindre Eosur la

Belle c'te nuit ! » Évidemment, toute la taverne s'était retournée vers les deux compères à ce moment-là, attendant avec avidité la réponse du Péon. Allait-il, comme tous les autres, se dégonfler ? Ou bien allait-il relever le défi ? Refuser, c'était prouver aux yeux des ivrognes de la taverne que lui, Skåljamund le Péon, avait le courage d'un ragondin asthmatique et que ses muscles virils n'étaient que fanfaronnade. Il n'avait pas le choix, et d'ailleurs, se défiler n'avait même pas effleuré son esprit embrumé par l'alcool. « Tu veux parier ? répondit-il alors d'une voix souillée de bière. Les dieux m'en sont témoins, Eosur la Belle, elle s'souviendra d'moi c'te nuit ! »

Et ils s'étaient levés, titubant vers la sortie et la tour d'Héralion qui dominait la ville. Là, derrière ses épais murs, se tenaient recluses les concubines de Drascen l'Irascible, et parmi elles, la jeune Eosur, que l'on disait la plus belle femme des Plaines de Kôr. Des gardes stationnaient devant la grande porte d'entrée de la tour, aussi les deux compères s'éloignèrent-ils quelque peu. Un coin d'ombre, là où le rempart épousait la tour ventrue, voilà qui ferait l'affaire ! Une foule épaisse de badauds s'était massée non loin et les gardes devenaient nerveux. Les deux hommes palpèrent le mur à la recherche de prises, puis commencèrent à se hisser. L'ascension fut lente, dangereuse, et plus d'une fois il leur fallut se plaquer contre la pierre, espérant ne point se faire repérer.

La réputation d'Eosur ne lui faisait pas honneur. Sa beauté était sans égale, non pas sur les Plaines de Kôr, mais sur Estarys toute entière, Skåljamund en aurait juré. Ils s'étaient introduits dans le gynécée du palais de Drascen par la fenêtre et, écartant les rideaux de soie, avaient découvert les femmes du Hiérophante dans leur intimité. À peine avaient-ils eu le temps d'écarquiller les yeux qu'un cri suraigu s'élevait déjà dans la pièce aux piliers sculptés. Une poignée de gardes sur le qui-vive se précipita à l'intérieur, pointant leurs lances vers les deux intrus. L'étau s'était refermé rapidement. Stupide pari. Avant que les mains des gardes ne s'abattent sur ses épaules massives, Skåljamund avait eu le temps de se jeter aux pieds de la belle concubine. Un geste, une œillade, et il lui avait tendu la rose qu'il tenait entre les dents. Le ridicule et les clichés ne tuent pas un ivrogne. Les eunuques gardant les harems, eux, s'ils ne pouvaient pas tuer d'un simple regard, savaient en revanche déchaîner leur frustration sur ceux qui tombaient entre leurs mains. Un voile noir avait recouvert Skåljamund, assorti d'une cuisante douleur à l'arrière du crâne. Quand il avait rouvert les yeux, ç'avait été pour découvrir le camp des mineurs autour de lui.

Un choc violent fit sortir Skåljamund de sa torpeur. Le regard voilé, tenaillé par la faim et la soif, il vit tanguer la terre ferme devant lui. Sa barque s'était prise dans la carcasse d'un arbre mort à moitié englouti. Non loin de là, sur des pilotis, une petite cahute au toit de chaume laissait échapper de sa fenêtre basse le fumet délicat de quelque poisson grillant sur le feu. Rampant pour tenter de s'extirper de l'enchevêtrement de branches qui retenait sa barque prisonnière, le Péon grimaça. Il était devenu si faible que ses membres refusaient tout effort prolongé. Combien de temps avait-il dérivé sur cette rivière de malheur ? « Que... Quelqu'un ! cria-il mollement. À l'aide ! » Une tête sortit par la fenêtre de la chaumière. Un visage d'ange, encadré de boucles brunes. « Qui êtes-vous ? Que voulez-vous ? lança l'apparition d'une voix cristalline.

— Faim…

— Vous aimez le poisson, j'espère ?

— Aide ?

— Attendez, j'arrive ! Vous m'avez l'air bien empêtré ! Qu'est-ce qu'un gaillard comme vous fait dans une si piteuse condition ? Ça fait longtemps que vous êtes dans cette barque ? Allez, venez. Appuyez-vous sur mon épaule. Voilà.

— Mer… merci.

— Il n'y a pas de quoi. Alors, le poisson, vous aimez ?

— Oui.

— Bien. Asseyez-vous alors. Ici, près de la table. Et goûtez-moi ça, c'est de la truite de l'Avaine. » Un sourire avenant égayait le visage de la jeune femme alors qu'elle aidait le Péon à s'attabler et qu'elle lui servait dans une assiette de bois le poisson fumant. Jamais il n'avait vu si belle créature, si simple, si vivante. Une étrange sensation lui nouait les entrailles, parvenant presque à dissiper sa faim. « Au fait, je m'appelle Haerith, ajouta-t-elle. Et vous ?

— Skåljamund. Mais appelez-moi Skål. Ou le Péon, c'est comme vous voulez.

— Enchantée. Et que faisiez-vous sur la rivière ?

— J'avais besoin de quitter la ville au plus vite. Je ne sais pas depuis combien de temps je suis parti, j'ai perdu le compte…

— La ville ? Héralion est à plus de trois cents lieues d'ici ! Et vu votre état, vous avez bien dû dériver pendant une semaine au moins ! Bah, si vous le souhaitez, vous pouvez rester ici et m'aider. De bons bras sont toujours les bienvenus pour haler les filets ! Et ça vous permettra de vous requinquer !

— C'est gentil. J'crois qu'j'vais rester un bout alors. »

Les jours passèrent, et Skåljamund se requinquait en effet. Il prenait goût à lancer les filets, relever les cages à poissons. Mais surtout, il prenait goût à voir Haerith sortir de la rivière, ses vêtements collés à son corps par l'eau, à la voir secouer sa chevelure d'un geste empli de grâce et de simplicité. Le moindre de ses mouvements le captivait. Un jour, n'y tenant plus, il l'embrassa près du hangar à bateaux. Ses lèvres avaient une saveur de miel, sa peau la douceur d'une pêche. C'est ainsi que débuta leur histoire, faite de jeux, de pêche, d'amour sauvage sur la grève ou tendre dans les herbes folles de la lande. La vie sur la rivière faisait oublier à Skåljamund son passé tumultueux et ses malheurs récents. Haerith était son renouveau, son futur. Mais les dieux sont parfois cruels et les hommes les jouets de leurs humeurs. Un jour qu'il venait de retirer de ses rets un brochet à pointes, le cœur du Péon se serra. Une épaisse fumée noire se dégageait du hameau des pêcheurs. Jetant le brochet aux sept enfers, il prit ses jambes à son cou et remonta le chemin en courant. Les maisons gisaient en cendres, des traces de combat étaient visibles partout. Une troupe avait sans doute fait irruption, pillant, brûlant tout sur son passage. Pas âme qui vive en vue, rien que des débris et les cadavres des hommes qui avaient tenté de résister. Pas la moindre trace d'Haerith. Sa maison, calcinée comme les autres, était déserte. Un cri de rage et de désespoir jaillit des poumons du Péon, glaçant le sang des oiseaux sur leur branche, faisant pâlir le brame du cerf dans les bois.

Les yeux rougis, Skåljamund pénétra dans la taverne du Fût d'Irmoyle. Un plafond bas, des poutres noircies par la fumée de l'âtre, mais quelques tables accueillantes et un comptoir bien propre tendaient les bras aux voyageurs. Et ceux-ci étaient nombreux à cette heure-là. « Holà, tavernier ! Une bouteille de ton plus fort pisse-dru ! Besoin d'ramper sous terre voir si ma tombe y est !

— Allons, allons l'ami ! Comme t'y vas fort ! J'veux pas d'grabuge chez moi !

— J'veux pas faire d'grabuge, j'veux juste m'engourdir l'esprit au point d'entendre sonner les cloches des douze enfers d'Herpalion !

— Si t'insistes... Tiens v'là déjà un premier verre.

— Merci, j'en ai bien besoin. Un autre !

— Pas si vite, j'veux pas qu'tu repeignes mon comptoir. Tiens.

— Encore ?

— Et tu cherches quoi, à boire si vite ?

— L'oubli. Noyer ma rage et ma peine.

— Ta peine ? Un grand gaillard comme toi ? Allons, tu t'fais des idées ! Tiens.

— Merci. Encore.

— Tiens. Mais attention, la bouteille ne va pas tenir, à ce rythme-là. Et ta peine, elle vient d'où ?

— Elle a disparu... Partie en fumée !

— Qui donc ?

— Haerith !

— Ah. Tiens, bois encore alors. Et elle habite où, cette Haerith ?

— Tu vois le coude de la rivière, passés les bois

d'Antruïlle ?

— Ouais, j'le vois.

— Eh bien, si tu continues un peu après, y'a un hameau, quelques bicoques de pêcheurs. C'est là. Ou plutôt, c'était là.

— Je vois... Tiens, encore un verre. M'étonne pas alors qu't'aies besoin d'boire. J'aurais pas aimé être à leur place...

— Tu sais quelqu'chose ?

— Ben... D'après l'vieux Mirol, les Écailleux y sont passés. Et quand c'est leurs sorciers qui les y poussent, c'est pas bon signe.

— Hein ? Qu'est-ce que tu veux dire ?

— Qu'ils ont une prophétie qui dit qu'leur Grand Dieu pourra s'réincarner que dans l'corps d'une fille d'homme. Du coup, ils font des raids et enlèvent des filles.

— Donc si j'te suis bien, il y a des chances pour qu'Haerith soit pas morte ?

— J'ai pas dit ça ! se récria l'aubergiste. Mais c'est possible. Tiens.

— Merci. Et ils habitent où, tes Écailleux ?

— Les falaises. Mais si tu retournes au hameau tu verras leurs traces, elles sont pas bien dures à suivre.

— Merci. J'vais leur montrer qui c'est, Skåljamund ! pesta-t-il en se levant péniblement de son tabouret. Ils vont tâter du Péon, ces Hommes-poiscailles ! Un dernier verre. Merci. Tiens, v'là un sol, pour le tord-boyau et pour ton aide, l'ami.

— De rien. Quand tu veux. Bonne chance en tout cas, j'espère te r'voir... »

Que c'était dur de revenir sur les ruines encore fumantes

du hameau. Les charognards avaient maintenant investi la place et seuls leurs sinistres croassements brisaient le silence sépulcral qui régnait sur les lieux. Ces mêmes croassements s'élevèrent d'ailleurs en un chœur indigné lorsque Skåljamund pénétra dans les ruelles calcinées. Le tavernier avait raison ; les traces des Écailleux n'étaient pas difficiles à repérer. Le sol de terre avait été piétiné ; on pouvait lire les traces du combat, en deviner le déroulement. Les Hommes-poissons avaient surgi, prenant les villageois au dépourvu, semant la panique parmi eux. Des flèches, des lances avaient volé, fauchant les hommes comme la faux les blés mûrs. Les femmes, quant à elles, avaient été prises au piège dans des filets lestés. Puis la troupe était repartie une fois le carnage achevé, traînant dans son sillage les prisonnières en larmes, laissant pourrir sur place les cadavres des morts et les corps brisés des agonisants. Les traces menaient vers le nord, vers la rive de la mer d'Ontoise. Des branches cassées, des herbes foulées. Non, il n'était vraiment pas compliqué de suivre les assaillants, comme si ceux-ci ne se souciaient guère de leur discrétion, sûrs de leur force. Une heure de marche, puis deux, puis trois. Parfois, un corps gisait, abandonné, car à bout de forces. Et toujours, la voie s'étendait devant le Péon, vers les falaises qui surplombaient la baie. Il en était certain maintenant : c'était là qu'il retrouverait ces Écailleux... et leurs proies.

Un garde se tenait à l'entrée de la tanière des Écailleux. Son visage aux yeux globuleux se durcit lorsqu'il vit s'approcher le Péon et il brandit son arme, un trident fort lourd à la hampe de bois flotté. Les branchies à la base de son cou palpitaient, il respirait péniblement, en proie à la panique. « Ss'shassh'kent ?! Ss'shassh'kent ?! » Un jeunot, se dit Skåljamund, et qui n'est guère habitué à se battre. Ses gestes étaient maladroits et gourds, aussi le Péon profita de la situation et, courant sus à l'Homme-poisson, de tout son poids lui décocha un direct du droit dans la mâchoire, l'envoyant rouler au sol dans un gargouillis écœurant. Puis, lui sautant sur le râble, il se mit à le rouer de coups, faisant pleuvoir drus les poings. Son adversaire tenta bien de se libérer, de se défaire de son agresseur, mais devant la rage du Péon, rien n'y fit. Il finit par s'immobiliser définitivement, son sang noir et froid s'échappant de sa carcasse en différents endroits où les os s'étaient brisés sous la force de l'homme de Kôr. La voie était libre, mais comment s'introduire dans la tanière des Écailleux sans se faire aussitôt repérer ? En proie à une profonde réflexion, Skåljamund s'assit sur un rocher tout proche, laissant errer son regard de l'entrée de la caverne au corps gisant devant lui, du corps gisant devant lui à l'entrée de la caverne. Si seulement il avait un manteau d'Homme-poisson... Si seulement ? Il sauta sur ses pieds et se précipita vers le cadavre du garde. Il empestait, mais qu'importe. Le tirant un peu à l'écart puis se saisissant du trident, il commença sa besogne. Un manteau d'Homme-poisson ? Qu'à cela ne tienne, il allait s'en tailler un ! La ridicule défroque lui assurerait un sauf-conduit dans les entrailles de la falaise.

L'obscur boyau s'ouvrit sur une vaste caverne aux parois étrangement phosphorescentes. La lumière verte et pâle qui régnait ici soulignait l'incongruité de la scène qui se déroulait sous les yeux de Skåljamund. Une assemblée se tenait là. Des Écailleux qui dansaient, comme en transe, autour d'une étendue d'eau saumâtre. Leurs sifflements s'élevaient, chuintant vers la voûte rocailleuse, et s'y réverbéraient en mille échos susurrés. « Hissstiak ! Hissstiak ! » Un mouvement parmi les écailles froides révéla à l'intrépide visiteur ce qui absorbait tant les Hommes-poissons : une rangée de pieux se dressait hors de l'eau et y étaient enchaînées les captives que Skåljamund avait pistées de si loin. Au milieu d'elles, Haerith était là, échevelée. Ses joues étaient sillonnées de traces de pleurs, l'effroi se lisait sur son visage. Le sang du Péon ne fit qu'un tour. Rajustant son déguisement, il s'avança vers la foule et fendit les premiers rangs. « Hissstiak ! Hissstiak ! » La litanie chuintante des Écailleux continuait et chaque pas apportait à Skåljamund son lot de nouvelles sueurs froides. L'hystérie collective grandissait à chacun des refrains entonnés par ces centaines de gorges, rythmés par les coups sourds des pieds palmés sur le sol rocheux de la grotte. « Hissstiak ! Hissstiak ! » Soudain, tous firent silence, laissant l'écho se répercuter quelques secondes sur les parois. Tous les regards étaient fixés sur l'un des Hommes-poissons. Son pagne coloré et les bouquets d'algues rouges qui lui enserraient la taille soulignaient son importance vis-à-vis de ses congénères. Un sorcier, un chaman. Il tenait une torche qu'il agitait en direction des prisonnières, accompagnant ses gestes de sifflements rauques. Un dernier rugissement, envoyé vers les stalactites du plafond, et il arracha, d'un mouvement brusque, la tunique de la jeune femme la plus proche. Un tonnerre d'acclamations suivit. Skåljamund pouvait voir les yeux de la foule, emplis de folie. Le prêtre avait maintenant retiré son pagne et s'approchait de sa proie terrifiée, prêt à l'honorer au nom du grand Gollarsss. La tension était à son comble. Il fallait agir, et vite. Skåljamund se précipita en avant, bousculant quelques Écailleux au passage. « Hraaasssst ! » lui cria-t-on, sans qu'il y prenne garde au début. Ce n'est qu'arrivé près d'Haerith enchaînée qu'il se rendit compte qu'un grand cercle de visages menaçants s'était formé autour de lui. Son déguisement avait glissé, laissant entrevoir son torse musclé et son cou puissant. Le chaman, toujours nu, pointa alors son index vers lui, déclenchant l'hystérie chez ses ouailles. Les Hommes-poissons se jetèrent sur l'homme de Kôr, lances pointées vers sa poitrine offerte. D'un rapide retrait du buste, il esquiva le premier, l'envoyant rouler au sol d'un coup d'épaule, puis il tira le fort braquemard passé à sa ceinture et trancha dans le vif. La première ligne d'assaillants hésita quelques instants avant de se ruer de nouveau à l'attaque, aussi le Péon en profita-t-il pour sectionner les liens d'algues enserrant les poignets d'Haerith. « Cours ! Cours vite et suis-moi ! » cria-t-il à la jeune femme, hébétée, en l'attrapant par le bras. Ils se dégagèrent de la foule grondante à grands moulinets de la lame ensanglantée, courant, fuyant vers le boyau le plus proche. Le bruit de leurs pieds foulant le sol résonnait, comme le grognement sourd et menaçant de quelque bête enragée. Ils se savaient poursuivis par la meute, aussi enchaînaient-ils les virages sans réfléchir, sans se retourner. Ralentir signifiait une mort atroce aux mains des Écailleux, aussi continuaient-ils, portés par l'énergie du désespoir. Ils pouvaient presque percevoir le souffle de leurs ennemis sur leur échine. La sueur leur dégoulinait dans les yeux, le long des tempes, leur cœur battait à tout rompre. Fuir, fuir était la seule solution, mais comment s'orienter dans ce dédale de galeries ? Les sifflements rauques de ces visqueuses créatures emplissaient maintenant les souterrains, ils savaient que ce n'était plus qu'une question de minutes avant qu'ils ne soient repris. S'éleva alors devant eux un autre son, bien différent celui-là. Des coups de boutoir à l'assaut du roc, un bélier martelant le granit de la falaise. La mer ! La mer était là, toute proche ! Ils redoublèrent d'efforts, tâchant d'ignorer la douleur et les plaintes de leurs poumons en feu. L'obscurité se fit peu à peu moins épaisse et bientôt, le vent se fit sentir sur leur visage, jouant dans leurs cheveux. La lumière les éblouit au sortir d'un nouveau virage. La galerie s'ouvrait, telle la bouche d'un prédateur, grande, béante, sur l'horizon et l'eau azur. Ils stoppèrent net au bord du précipice qui s'ouvrait à leurs pieds. Des cailloux délogés roulèrent en contrebas pour s'écraser dans les flots. Pas d'issue. Leur espoir de salut n'était en fait qu'un gouffre s'ouvrant devant eux, avide de les aspirer. Les Écailleux pénétrèrent à leur suite dans cette antichambre funeste, un rictus satisfait se dessinant sur leur visage grotesque.

Ils n'avaient plus guère le choix. D'un côté les trognes grossières des Hommes-poissons, de l'autre le vide. Ce vide, terriblement attirant, avec ses vagues se brisant sur la roche, le tonnerre les accompagnant. Ce vide plus haut que la grande tour d'Héralion. Skåljamund avala sa salive et se retourna vers sa compagne. « Saute, Haerith ! C'est notre seule chance !

— Pardon ? On va s'écraser ! Je ne peux pas !

— Tu préfères peut-être porter en toi leur futur Grand Dieu ?

— Non...

— Alors saute ! Ils arrivent ! »

La chute parut interminable. L'air sifflait à leurs oreilles, leurs poumons compressés réclamaient de l'air avec avidité. Puis ce fut l'eau qui vint à leur rencontre, telle un mur de pierres qu'on aurait placé sur leur chemin. La douleur fut immense, intense, comme s'ils venaient d'entrer dans un brasier, comme s'ils s'étaient fourvoyés au cœur d'une avalanche. L'espace d'un instant, ils perdirent tout contact avec la réalité. Un voile noir tomba sur leurs yeux et le néant les envahit. Lorsque Skåljamund rouvrit les yeux, un nuage de bulles l'entourait comme un linceul. Ses tympans torturés lui vrillaient les nerfs, il fermait désespérément la bouche pour ne pas aspirer l'eau salée. Un effort surhumain lui fut nécessaire pour trouver l'énergie de bouger un bras, puis l'autre, puis pour donner un grand coup de talon dans l'univers liquide qui le retenait prisonnier. Quelques efforts encore, et l'air frais lui lécha le visage. Respirer valait bien tout l'or du monde. Bercé par les vagues, il emplissait sa poitrine de cet air pur, de cet oxygène dont il avait cru manquer. La tête lui tournait. C'est alors qu'il remarqua la couleur de l'eau dans laquelle il baignait. Rouge. Rouge… Un cri de désespoir jaillit de son corps avant même qu'il ne réalise. Haerith flottait non loin de lui, entourée d'une corolle de vermeil. Les dieux, dans leur grande magnanimité, ne l'avaient épargnée des Hommes-poissons que pour mieux la précipiter sur quelque nouvel écueil. « Dieux ! Dieux ! Je vous maudis ! Je vous renie, je vous hais ! Vous n'existez plus pour moi ! Vous entendez ? Moi, Skåljamund le Péon, je vous crache dessus ! Et vous, Écailleux honnis ! Je jure sur l'âme d'Haerith que vous allez souffrir ! Oh, oui, vous allez souffrir ! Je jure par l'eau et le feu, par le vent et la terre, de n'avoir aucun répit jusqu'à l'anéantissement total de votre race immonde ! Vous m'entendez ? Vous m'entendez ? Jusqu'au dernier, je le jure ! »

Ainsi s'achève cette histoire et débute la geste de Skåljamund le Péon, Fléau des Hommes-poissons, le héros qui a libéré les Plaines de Kôr de cette engeance maléfique.

ÉPISODE II

DE CHARYBDE EN SCYLLA

La peste soit des dieux et de leurs caprices ! Alors que Skåljamund venait à peine d'arracher Haerith des mains palmées des Hommes-poissons, le destin la lui avait déjà enlevée, pour de bon cette fois-ci. Les poumons en feu, il se hissa péniblement sur la grève, serrant contre lui le corps désarticulé de la jeune femme. Les genoux dans le sable, le visage enfoui dans les cheveux bruns maculés du sang d'Haerith, il hurla de peine et de rage pendant de longues minutes, maudissant dieux et Écailleux. Puis, sans plus prononcer un son, le Péon se leva enfin et, prenant délicatement le corps sans vie dans ses bras musclés, s'éloigna de cette plage et de ces falaises maudites.

Skåljamund marchait depuis des heures, les yeux dans le vague, traversant hameaux et villages sous les regards terrifiés des habitants. Que faisait donc ce gaillard à moitié nu, portant le cadavre ensanglanté d'une jeune dame ? Où allait-il, d'où venait-il ? Ses cheveux collés de sel, le sang agglutiné sur son visage, son air fou... Tout en lui promettait problèmes et regrets à l'importun qui se dresserait sur son chemin. Aussi le laissa-t-on passer partout où ses pieds le portèrent, jusqu'à ce qu'il pénètre sur les terres sacrées d'Yroulïe. Là, quelqu'un s'interposa, l'empêchant d'aller plus avant.

— Halte-là ! Nul ne passe ici, étranger !

Sortant de sa torpeur, Skåljamund baissa les yeux sur l'avorton qui lui tenait ces mots, blanc des cheveux à sa toge, en passant par ses pupilles aveugles.

— Et qui es-tu, pour prétendre barrer la route de Skåljamund le Péon ? Sache que tu ne m'émeus guère, l'aveugle, avec tes palabres inutiles.

— Et toi, tout Péon que tu te dis, tu sens l'Écailleux. Au moindre faux pas, je fais de toi un tas d'arêtes, car cette engeance dégénérée ne sera pas tolérée en ces lieux sacrés.

— Sacrés ? Sacrés pour qui ? J'ai renié les dieux, quels qu'ils soient, car tous ne sont que tromperie et simulacres. Foi de Péon, si tu t'évertues à m'interdire de continuer, je t'écrabouillerai. Ne vois-tu donc pas qu'elle est morte ? Ah non, c'est vrai, tu n'as plus d'yeux !

— Si fait, l'étranger, si fait. Je vois que ta dame est morte et que c'est le chagrin qui te fait ainsi me défier sans aucune raison. Mais ne sous-estime pas un vieil aveugle. Il n'est point besoin d'yeux pour voir et je te devine aussi facilement que tu me distingues de tes yeux.

— Allons, écarte-toi, je n'hésiterai pas à te frotter les côtes si tu m'y obliges.

— C'est toi qui vas partir, crois-moi, car en aucun cas je ne bougerai du moindre pouce.

— Très bien, tu l'auras voulu.

Skåljamund déposa délicatement Hacrith sur le sol et se posta de toute sa taille devant le vieil homme qui prétendait l'arrêter. Celui-ci avait adopté une curieuse posture, dressé sur une jambe, l'autre repliée sous lui, et les bras écartés comme la grue déploie ses ailes dans le vent. Skåljamund fit un pas en avant et n'eut plus l'occasion de penser : une tornade de coups s'abattit sur lui, provenant de toutes les directions, sous tous les angles, avant même qu'il ait pu esquisser un geste. Un voile noir tomba sur ses yeux et il sombra dans le néant.

Lorsque le Péon rouvrit les yeux, il était allongé sur une paillasse dans une masure en torchis au plafond bas. Le vieil homme était penché sur lui, soufflant tranquillement tout autour de sa tête des volutes d'une fumée verdâtre et odorante.

— C'est bon, tu es calmé, p'tit gars ?

— Kof ! Kof ! Qu'est… Qu'est-ce que… Kof ! Kof ! Qu'est-ce que c'est que cette horreur que vous me crachez dessus ? Et qu'est-ce que je fous là ? Et vous pouvez me dire qui vous êtes, à la fin ?

— Cette horreur, comme tu dis, c'est de la méliane mâchée, fermentée et consumée dans une pipe. C'est un calmant. Ça sert à endormir les abeilles que tu devrais avoir sous le crâne suite à ma petite leçon. C'est que t'as la peau dure, pour un p'tit gars des plaines de Kôr. Quant à moi, je ne suis qu'un vieux prêtre d'Yroulïe, la Gardienne du Passage. Bien que cela ne soit guère important, je me nomme Øğiŭ.

— Kof ! Kof ! Et donc, qu'est-ce que je fais ici ? Et où est Haerith ?

— Tu es ici parce que je le veux bien et parce que je sens que tu as des choses à me dire. Pour ta deuxième question, je suppose qu'Haerith, c'était la jeune femme que tu portais dans tes bras en arrivant ici ?

— Oui…

— Je l'ai mise en terre, comme il se doit. Je te conduirai à elle tout à l'heure, pour que tu lui dises adieu. Mais d'abord, dis-moi ce que tu venais faire dans le coin. Après, je déciderai de ce que je vais faire de toi.

— Faire de moi ? Parce que vous croyez que vous pouvez décider pour moi ?

— Calme-toi, jeunot ! Tu risques de prendre une nouvelle rouste et tu n'en as pas envie, crois-moi.

Le Péon baissa les yeux, l'air penaud, chose rare chez lui.

— Elle est morte à cause de ces saletés d'Hommes-poiscailles…

— C'est donc pour ça que tu empestes l'Écailleux. Je comprends.

— Oui, pour la tirer de leurs griffes, je me suis faufilé dans leur tanière avec un costume adapté : j'ai piqué la peau de l'un d'entre eux.

Un rire tonitruant s'échappa du vieil homme, qui arbora un air réjoui.

— Crois-moi si je te dis que j'aurais aimé voir ça ! Mais dis-moi plutôt pourquoi ta compagne s'était-elle retrouvée chez ces monstres ?

— Ils l'ont enlevée, elle parmi d'autres. Au village, les habitants disaient qu'ils voulaient la féconder pour faire revenir leur Grand Dieu.

— La routine en somme. Ces dégénérés n'ont pas changé depuis des millénaires, ils suivent toujours les préceptes archaïques des Temps Anciens… ça pille, ça tue, ça viole, mais tout ça au nom d'un Grand Dieu, donc ça passe. Bon sang ! Il serait peut-être temps qu'ils évoluent un peu !

— Euh…

— Oui, pardon, je m'emporte un peu. Mais ça m'énerve, lorsque les gens détournent le message des dieux ! Et donc tu disais qu'ils avaient enlevé plusieurs autres femmes ?

— Oui. Plusieurs étaient encore attachées dans la grotte lorsque nous nous sommes enfuis.

— Très bien. Tu vas aller te préparer alors.

— Me préparer pour quoi ?

— Nous partons les secourir.

Revenir à la grotte des Écailleux raviva la rage de Skåljamund. L'air vicié sentait le sang et la marée, le varech et la mort. Ils avançaient prudemment, tentant d'être les plus discrets possible malgré la torche allumée qui semblait vouloir attirer le regard du monde entier sur eux. Il n'y avait pas un bruit, les lieux paraissaient déserts : pas de garde à l'entrée du tunnel, pas d'Homme-poisson déambulant dans les galeries, rien d'autre que les parois brutes et décorées de peintures rupestres à la gloire des fonds abyssaux. Ils débouchèrent sur la grande salle où s'était déroulée la sinistre cérémonie lors de la dernière visite du Péon en ces lieux, tout aussi déserte. En son centre se dressait une macabre sculpture. Le cri soudain d'un choucas rebondit sur la pierre alors qu'ils s'en approchaient. Deux femmes gisaient là, éventrées cruellement, leurs entrailles étalées comme une grande fresque vermeille. Øğiŭ le vieux prêtre se lissa la barbe, pensif, étudiant la disposition des deux corps, face à face, avec attention. Ce fut cependant Skåljamund qui brisa le silence qui régnait entre eux :

— Quelle horreur… Ces Hommes-poiscaille sont vraiment… sont trop… Ah, j'enrage ! Mille nouvelles raisons me viennent de vouloir les écailler, les étriper, les pendre par les branchies ! Ah, ils ne méritent pas de vivre !

— Tu as raison, mon jeune compagnon. Ce sont des êtres abjects qu'il nous faut empêcher de nuire. Mais les torturer comme tu le suggères ne ferait que nous abaisser à leur niveau. Regarde plutôt cette scène qui, bien qu'insoutenable, n'en est pas moins porteuse d'informations de la plus haute importance : je devine une signification à la manière dont ils ont disposé la dépouille de ces malheureuses.

— Et quelle signification ? Que ce sont des brutes sanguinaires ? Fallait pas se donner tant de peine, on le savait déjà, ça !

— Ah, mais tais-toi donc, le Péon ! Et observe : pour la première, à gauche, il s'agit sans doute d'une représentation votive, pour exprimer un souhait en quelque sorte. Quant à l'autre, à droite, ce serait plutôt un remerciement, en guise de réponse au vœu. Tu peux aussi voir que sur la réponse, une sorte de liquide poisseux et blanchâtre a été mélangé au sang. En conclusion, il semblerait que la cérémonie se soit bien déroulée, que leur Grand Dieu ait répondu favorablement, et si j'en crois ce que tu m'as raconté, qu'une, ou plusieurs victimes aient été fécondées avec succès.

— Donc en gros, on n'est pas dans la tourbe…

— C'est très résumé, mais en vérité, c'est à peu près ça. Il va falloir qu'on se creuse les méninges pour trouver une solution.

Plongé dans ses réflexions, Skåljamund arpentait la salle de long en large, frappant du pied des galets, quand son regard se ficha sur un détail qu'il n'avait jusqu'alors pas aperçu.

— Maître Øğiŭ, venez donc voir… Qu'est-ce que c'est encore que ça ? On dirait un morceau de bois flotté avec des sortes de runes dessus !

Le vieil aveugle laissa courir ses doigts sur la planche, y déchiffrant péniblement les entailles.

— Attends, laisse-moi voir… Tu as raison, il s'agit bien d'écriture… Mes notions d'Écailleux sont rouillées, mais je crois bien que ça dit quelque chose de ce genre : « Homme de Kôr, si tu reviens ici, sache que, pour avoir enlevé l'un de ses réceptacles, la malédiction de Gollarsss est sur toi. Ton sang se changera en boue. Ta peau deviendra sel. Ton corps retournera à la mer nourrir Gollarsss. »

— Ah ? Ce n'est pas très bon ça…

— Non, en effet ! Tu les as bien énervés apparemment !

— Eh bien ! Foi de Skål, moi aussi je suis énervé ! Ils vont voir de quel bois se chauffe le Péon !

Traquer de l'Écailleux n'était guère chose aisée. Leurs pieds palmés n'imprimaient aucune empreinte sur la roche des cavernes et la logique voulait qu'ils aient fui par la mer, leur élément naturel. Aussi Skåljamund et Maître Øğiŭ décidèrent-ils d'aller mener leur enquête là où le bon sens le réclamait : la taverne la plus proche, c'est-à-dire le Fût d'Irmoyle. Le tenancier, allègre, reconnut aisément le Péon qu'il avait estourbi d'alcool quelques jours plus tôt et l'accueillit avec un grand sourire :

— Ah, mon gars, te rev'là ! Alors, as-tu r'trouvé ta belle ?

Ce qui eut pour effet de rembrunir aussitôt Skåljamund.

— Pisse-dru. Et vite.

— Ah. Désolé. J'voulais pas être désobligeant.

— Ouais, je sais.

— Et pour ton compère, ce s'ra quoi ?

— Pisse-dru, aussi.

— Va pour deux pisse-dru alors. Tu veux causer ?

— Ouais. Non. Bof. Encore un verre. Merci.

— De rien, c'est mon métier.

— Ouais… Elle est morte.

— Désolé.

— Du coup, on part en chasse. Encore.

— Tiens. En chasse ?

— À l'Écailleux. L'vieux Mirol, il est là ?

— Oui, dans le coin, près de la cheminée.

— Merci. Apporte-nous la bouteille de tord-boyaux à sa table.

Les deux comparses se dirigèrent à la table du vieux Mirol, qui cuvait sa chopine d'ale avec un sourire béat.

— C'est toi, l'vieux Mirol ?

— Ça dépend, vous lui voulez quoi ?

— Causer. On cherche de l'Écailleux. T'en aurais pas vu dans l'coin, par hasard ?

— Les Hommes-poissons ? Vivent dans les falaises…

— Ouais, on sait. On y est allé, sont plus là, ont déguerpi.

Et on les cherche.

— Ah. Ils avaient capturé des femmes… Elles étaient toujours dans les cavernes ?

— Non. Les ont emmenées.

— Ah. Ça veut dire que leur sorcier a eu ce qu'il voulait alors. Qu'y sont partis vers leur cité sacrée…

— Comment tu sais tout ça sur eux, toi ?

— J'suis l'vieux Mirol ! J'sais tout c'qui s'passe dans l'coin !

— Et leur cité pourrie, tu sais où elle est ?

— Sur une île, au milieu d'la flotte.

— Et tu saurais y aller ?

— Pour sûr ! J'suis l'vieux Mirol ! J'ai navigué sur tout'les mers d'Estarys !

— Bon, ben, tu vas nous y m'ner alors.

Le vieux Mirol recracha sa bière par les narines, manquant s'étouffer :

— Pardon ?!

— Ouais, tu vas prendre ta barque et tu vas nous m'ner là-bas.

— Mais, mais ! C'est qu'j'veux pas, moi ! Les Écailleux, moins j'les vois, mieux j'me porte !

— M'en fous. Tu nous y amènes, ou j'te pète les g'noux !

— Va m'falloir du temps ! Faut qu'j'prépare la barque, moi ! Que j'prenne d'la bouffe, d'quoi picoler !

— T'as deux jours. Si on n'a pas largué les amarres d'ici-là, j't'attache à ta barre. Et t'avise pas d'partir, tu n'cours pas assez vite.

Une lueur étrange pétillait dans le regard du vieil Øğiŭ alors qu'il regardait Skåljamund négocier ainsi. Comme de la fierté devant un fils faisant ses premiers pas, maniant sa première lame. Il secoua la tête et posa la main sur l'épaule du Péon :

— Allons, Skål, allons. Ne t'emporte pas. L'vieux Mirol a compris et il est sage. Il sera là dans deux jours, barque prête. Maintenant, viens. Nous aussi, il nous faut nous préparer.

Libérer les Plaines de Kôr des Écailleux était une noble tâche, mais courir au suicide, très peu pour notre Péon ! Pour mener à bien cette héroïque quête, il allait leur falloir armes et armure. C'est ainsi qu'ils dirigèrent leurs pas vers l'armurier local et sa petite échoppe située non loin de l'auberge.

— Holà, forgeron ! Mon nom est Skåljamund le Péon. J'ai besoin que tu me fasses une armure.

— Vous avez frappé à la bonne porte. Que vous faut-il au juste ?

— Quelque chose de seyant. De pratique. Et qui instille la peur dans les yeux de mes ennemis.

— Je vois. Et qui sont-ils, ces ennemis ?

— Les Écailleux. J'ai juré que je débarrasserai les Plaines de Kôr de cette engeance maudite !

— Jurez tant que vous le souhaitez, c'est bon pour mes affaires… Vous avez de l'or ?

— Non.

— Et comment comptez-vous payer alors ? Vous avez de l'argent, des gemmes, des esclaves ?

— Non. Mais j'ai mon bras.

— Et ? Je ne peux pas vivre avec votre bras. Je ne peux pas nourrir les miens avec votre bras. Nous ne sommes pas des Écailleux, nous ne mangeons pas n'importe quoi !

— Je peux te le louer. Te rendre service en travaillant pour toi.

— Ça va vous coûter un sacré paquet d'heures, tout ça ! Et de toute manière, ici, je n'ai besoin que d'un souffleur. Je ne vous vois pas souffler sur ma forge, même avec des poumons comme les vôtres.

— Je peux me battre. Ça, je sais le faire.

— Vu votre dégaine, je n'en doute pas. J'ai peut-être une offre dans ce cas.

— J'accepte.

— Vous ne savez pas encore ce que je vais vous proposer !

— Pas grave, j'accepte quand même !

— Très bien. Mais c'est dangereux, sachez-le. J'ai une armure pour vous. Mais elle n'est pas ici. Il vous faudra aller la chercher. Chez Görm. Si vous me la ramenez, elle est à vous.

— Qu'a-t-elle donc, cette armure ? Et qui est ce Görm ? Elle est bien à toi, ou bien veux-tu que je commette un vol ? Le Péon a beaucoup de défauts, mais pas celui d'être un détrousseur !

— Elle est à moi, voyons ! Pour qui me prenez-vous ?

— Un opportuniste, sans vouloir t'offenser.

— En fait, cette armure a été faite pour Görm. Mais il est parti avec et il ne l'a jamais payée. En prime, il a aussi pris ma femme. Vous comprendrez aisément pourquoi la perspective de voir sa face écrasée par vos poings m'enchante…

— Parfait, je suis ton homme ! Dis-moi juste où est ce Görm et je te ramène ses dents en collier !

Ils se mirent donc en chemin vers la ville indiquée par l'armurier, empruntant au passage pour chevaucher deux robustes montures à un propriétaire peu coopératif. Ils les lui rendraient à leur retour, avaient-ils dit, même si l'homme n'avait pas l'air convaincu par cette affirmation. Après plusieurs heures passées à galoper à bride abattue, ils arrivèrent en vue de Sakhmaalgrad. La cité différait grandement des villages côtiers. Ceinte par une grande muraille percée d'une porte massive, elle s'articulait autour d'une grande construction aux toits en bulbes de couleurs vives. Le lieu bourdonnait d'activité. Par les dieux ! C'était jour de marché, une aubaine pour glaner des informations sur l'infâme Görm ! Ils se rendirent donc sur la grand-place, qui était noire de monde, et déambulèrent au milieu des étals. Brochettes de vouivrelet, épices, tapis d'Okhanat, on y trouvait de tout, de la diseuse de bonne aventure au cracheur de feu, du boulanger au recruteur de la milice locale. Un bon endroit, assurément ! Skåljamund et Øğiŭ commencèrent leur enquête, s'enquérant auprès de chaque camelot de tous les renseignements qu'ils pourraient avoir sur Görm le voleur. Chaque question, cependant, attirait invariablement la même réponse, à savoir un air apeuré, gêné, puis l'intérêt soudain pour un client distrait venant d'arriver. Nul ne semblait disposé à leur répondre ! Et pourquoi cette terreur dans leurs yeux à la seule évocation du nom de Görm ? L'individu était-il si terrible ? Par les dieux, c'était bien là un mystère qu'il faudrait tirer au clair ! Ils poursuivaient donc leurs efforts, se heurtant encore et toujours au même refus de coopérer de la part des habitants de la cité, quand soudain la place se vida, les badauds détalant d'un coup en abandonnant tout sur place, marchandises et achats. Effarés par cette disparition subite, Skåljamund et Øğiŭ regardèrent autour d'eux : une escouade de gardes se tenait là, bloquant toutes les issues, et pointait les lames aiguisées de lances sur eux. Leur chef s'avança, plein de morgue :

— Alors comme ça, on cherche Görm Brise-Échine ? Gardes ! Saisissez-vous d'eux !

Skåljamund fut projeté sans ménagement à genoux dans une vaste salle, au pied d'une estrade surmontée d'un imposant trône. Le vieil Øğiŭ était déjà à ses côtés, le visage tuméfié. Sur la grand-place, les gardes n'avaient pas ménagé leur peine pour s'emparer des deux hommes et la lutte qui s'était ensuivie, bien qu'âpre, n'avait malheureusement laissé planer aucun doute quant à son issue. Le nombre et l'oppresseur avaient, une fois encore, triomphé du courage et de la vaillance. Le Péon releva la tête et lança un air de défi au trône, bravache. Un homme grand et émacié lui faisait face, le front couronné d'un fin cercle d'or et d'une longue chevelure noire. Tout dans sa longue tenue de brocard criait qu'il s'agissait-là d'un homme riche et puissant, ce que confirmait le fait qu'il siégeait sur le trône, des doigts fins tapotant sur les accoudoirs avec un profond ennui. À sa droite, raide, se tenait une montagne de muscles enserrée dans une armure hérissée de pointes d'acier, le regard vide et les lèvres cousues.

— Ainsi voici donc les fauteurs de troubles qu'ont arrêtés mes gardes ce jour ?

Skåljamund ne desserrait pas les lèvres, livide de rage à peine contenue, aussi ce fut Øğiŭ qui redressa à son tour le buste et s'éclaircit la voix pour parler.

— Nous…

— Silence, chien ! On se prosterne pour s'adresser au puissant Sakhmaal ! Que venez-vous faire en ma cité ?

Øğiŭ s'inclina aussi bas que possible avant de reprendre, d'une voix qui se voulait implorante :

— Ô puissant Sakhmaal ! Nous ne voulions pas offenser votre grandeur ! Nous ne sommes venus en vos murs que pour demander réparation à un infâme scélérat qui, semble-t-il est venu y chercher refuge, et qui, à nos yeux, pourrait porter atteinte à la réputation sans tache de votre nom !

— Un scélérat, ici ? Prends garde à tes paroles, vieillard ! Si ce que tu dis est avéré, sois sûr qu'il sera puni sans tarder. Par contre, si ce ne sont que viles calomnies qui ont franchi tes lèvres, alors il t'en cuira. Dis-moi quel est le nom de ce triste personnage que tu sembles tant haïr ?

— Ô grand Sakhmaal, il se nomme Görm, mais il serait également connu sous le sobriquet ridicule de Brise-Échine.

En entendant ces paroles, le puissant Sakhmaal partit d'un grand rire qui se répercuta sur les murs de marbre de la salle du trône, aussitôt imité de toute sa cour. Hilare, il ajouta :

— Entends-tu ça, mon fidèle Görm ? Tu es affublé d'un ridicule surnom, apparemment, et tu serais un vil scélérat !

Mortifié et blême, Øğiŭ vit la montagne aux côtés de Sakhmaal acquiescer d'un lent hochement de tête. Le prince reprit :

— Ainsi vous croyez pouvoir salir mon garde personnel ? Je vous avais prévenus ! De quoi l'accusez-vous ?

— De vol, ô Sakhmaal ! Et j'en veux pour preuve l'armure qu'il porte en ce moment même, qu'il n'a jamais payée au forgeron qui l'a conçue !

— Avez-vous des preuves de ce que vous avancez ? Il me semble que c'est la parole de votre témoin contre celle de mon esclave ! Allons, qu'avez-vous à répondre à cela ?

Skåljamund se leva, déclenchant un murmure réprobateur dans l'assemblée et l'ire de Sakhmaal.

— Nous y répondons, ô Sakhmaal, qu'un duel judiciaire tranchera ! Je demande le jugement des dieux !

L'hilarité reprit de plus belle dans la salle, apaisant quelque peu la colère qui brillait dans les yeux du souverain.

— Soit, vous l'aurez voulu. Vous me divertissez, aussi vais-je agréer à votre requête. Vous affronterez Görm dans l'arène, demain à l'heure où plane le vautour !

Le lendemain, le soleil était à son zénith et, en effet, les vautours étaient de sortie : le public s'entassait dans les gradins de bois pour assister à la curée et voir les deux probables condamnés se faire étriper par le célèbre Görm Brise-Échine. Ce dernier se redressa de toute sa taille face à Skåljamund. Par tous les dieux ! Il était immense ! Muscles saillants, luisants sous les pièces d'armure ajourées et hérissées de pointes d'acier, carrure imposante, il réussissait l'exploit de faire passer notre Péon pour un gringalet maigrelet. Et ses yeux ! Exorbités et fous ! Lèvres cousues fermées, le géant gavé d'élixir d'antiane s'approcha et empoigna la lourde lance double qu'il portait dans son dos. Les deux lames de tête, lestées et courbes, déclenchèrent un murmure approbateur dans la foule. L'esclave-champion de Sakhmaal fit tournoyer son arme au-dessus de lui en de complexes arabesques, taillant l'air aussi bien que le sable. Skåljamund le regarda une nouvelle fois de haut en bas, puis de bas en haut. Comment vaincre ce colosse qui se tenait debout devant lui, au milieu des profondes entailles laissées par son arme sur le sol en un complexe pentacle ? Et pourquoi donc avait-il été assez fou pour demander un duel judiciaire ? Plongé en pleine réflexion au centre de l'arène, il entendit le vieux prêtre maugréer derrière lui, singeant sa propre voix :

— Il faut demander le jugement des dieux, moi, Skåljamund le Péon, j'ai une arme imparable ! Eh bien, ça c'est sûr, le Skål est armé d'un truc imparable ! Non ce n'est pas de la ruse, non ! C'est de l'inconscience, ça oui !

Il n'eut pas le temps de continuer sa diatribe moqueuse que les premiers coups tombèrent, faisant ployer Skåljamund. Görm était puissant et expérimenté. Il savait frapper là où l'impact aurait le plus d'effet. Le Péon se retrouva bientôt sur la défensive, tentant de parer la pluie d'acier avec son braquemard, mais forcé peu à peu de reculer. Les entailles et les ecchymoses s'accumulaient. Devant un tel déchaînement de violence, Skåljamund n'allait pas tenir longtemps. Déjà il criait de douleur et mettait le genou dans le sable de l'arène, sa lame gisant dans la poussière. Il se tenait le bras, une souffrance indicible gravée sur le visage : une tache noire et palpitante striait son membre tremblant. Görm s'approcha pour lui donner le coup de grâce. N'y tenant plus, Øğiŭ l'aveugle s'élança, s'interposant entre le géant et le Péon. Un sinistre craquement s'éleva, tirant un hoquet d'horreur dans la foule pourtant assoiffée de sang. La lame de Görm venait de mordre la chair et de fendre le vieux prêtre du crâne au nombril, dévoilant les os coupés net, le cerveau encore frémissant et les organes internes, fragiles et ascétiques. Le temps sembla se suspendre quelques secondes. Skåljamund, la bave aux lèvres, regardait, hagard, le vieux mentor ainsi éventré. Une colère nouvelle l'envahit et il bondit sur ses pieds, sautant sur Görm qui tentait d'extraire sa lame du corps sans vie d'Øğiŭ. Il frappa de toutes ses forces. Frappa encore et encore. Fracassa les orbites, les mâchoires, fit craquer les cartilages de ses poings. Et ne s'arrêta qu'une fois le visage de Görm réduit à l'état de pulpe sanglante. Hébété, il reprit son souffle et avisa les deux carcasses inertes devant lui. Il s'approcha du géant et délaça l'armure si chèrement acquise, puis l'enfila. Il ramassa également la lourde lance double et la suspendit dans son dos, puis il prit délicatement Øğiŭ dans ses bras. Avant de quitter l'arène, il chercha Sakhmaal du regard et hurla froidement :

— Cynique Sakhmaal ! Tyran sans pitié, vous m'entendez ? Je fais le serment, par les dieux que j'ai maudits, de revenir me venger de vous ! Je vous détruirai ! Prenez garde à la vengeance de Skåljamund le Péon !

Il cracha au sol un mélange de salive et de sang et, la tête haute, sans plus se retourner, quitta ce sinistre lieu.

Ainsi s'achève le second volet de la Geste de Skåljamund le Péon. De nouveaux ennemis s'élèvent dans cette quête de vengeance. Notre ami parviendra-t-il à se tirer des griffes d'un destin retors ?

ÉPISODE III

LA REVANCHE DES

HOMMES-POISSONS

Alors qu'il passait les portes de Sakhmaalgrad, le corps d'Øğiŭ en travers de sa selle, Skåljamund entendit résonner sur les pavés derrière lui le fracas des sabots d'une troupe en armes. Maudit Sakhmaal qui envoyait ses sbires ! Le Péon éperonna sa monture et partit au grand galop, entraînant à sa suite le cortège de gardes. La plaine s'étendait devant, sans aucune possibilité de se cacher. Bientôt ses poursuivants pourraient pointer leurs lances sur lui et l'en perforer, le faire chuter de son cheval et le piétiner sans vergogne. Il fallait trouver une solution, et vite ! Skåljamund avisa du coin de l'œil la lisière d'une forêt à l'horizon. Avec un peu de chance, il réussirait à l'atteindre et serait alors capable de semer ses ennemis dans le sous-bois. Mais pour cela, il faudrait que son canasson survive à cette folle chevauchée avec le poids de deux hommes sur son dos ! Par les dieux ! Quand pourrait-il donc se reposer et vivre paisiblement ? Il accéléra. Son cheval, bave aux lèvres, fendait le vent, mais toujours il pouvait sentir sur sa nuque le souffle froid de l'acier. La course semblait durer depuis des heures et la forêt était proche à présent, quand soudain des hennissements firent se retourner le Péon. Les gardes avaient ordonné à leur monture de tourner bride alors même qu'il atteignait l'orée du bois. Que se passait-il donc ? Pourquoi abandonnaient-ils la chasse ? La peste soit de ces interrogations ! Skåljamund n'en avait cure. Il était à couvert maintenant et entendait profiter au mieux de ce camouflage inespéré. Un rugissement terrifiant retentit soudain. Elle se trouvait là, la réponse ! Alléchée par l'odeur du sang de Maître Øğiŭ et par la chaleur des corps de l'Homme de Kôr et de son cheval, une bête monstrueuse venait de quitter sa tanière. Tenant à la fois de l'ours et de la salamandre, du sanglier et du lion, la créature regardait ses proies, savourant d'avance son festin. En l'espace d'un éclair, elle se ramassa sur elle-même et bondit, d'un saut prodigieux, griffes en avant. Le choc, violent, fit vider les étriers à Skåljamund. Son pauvre cheval, lui, eut moins de chance : le flanc fendu par les serres aiguisées, il rendit l'âme dans un hennissement déchirant. Skåljamund se redressa lestement, tirant son braquemard du fourreau et engageant la bête. Les coups de pattes répondirent au fer, l'acier siffla contre le cuir. Les deux adversaires étaient formidables, mais l'issue du combat ne faisait guère de doute, le monstre restant bien plus puissant que l'Homme de Kôr. Un nouveau bond et l'affreuse créature se jeta sur le Péon pour le dévorer. Les crocs crissèrent sur le crâne, y imprimant de profonds sillons. Alors que la bête s'apprêtait à resserrer les mâchoires sur sa proie pour l'achever, elle glapit de douleur : les pointes acérées de l'armure de Görm venaient de laisser une profonde estafilade dans sa gueule, crevant les joues et perforant la langue. La bête abandonna l'étreinte et se replia sur elle-même, geignant faiblement. Hébété, apitoyé, Skåljamund approcha lentement la main de l'imposant mufle. L'étrange animal eut un brusque mouvement de recul et montra de nouveau les crocs. Les deux se regardèrent droit dans les yeux, chacun se jaugeant. Le Péon tendit de nouveau la main. Pas de réaction cette fois-ci. Enhardi, il la passa dans la crinière touffue de la bête. Ensuite, lentement, doucement, il s'en retourna vers son cheval éventré et en préleva un morceau, qu'il jeta au monstre. Il répéta le geste une nouvelle fois. Puis encore. Et encore. Le cheval entier y passa. Repue, la bête s'approcha de Skåljamund, qui se tendit, prêt à esquiver une éventuelle attaque. Qui ne vint pas. Au lieu de cela, c'est un coup de langue, baveuse et râpeuse, qu'il reçut. Abasourdi, le Péon regarda l'animal flairer le corps sans vie d'Øğiŭ le vieux prêtre, et ouvrir grand la gueule pour l'engloutir.

— Non !

La créature suspendit son geste et tourna la tête vers l'homme qui la commandait ainsi. Étrangement, elle obéit et vint se coucher aux pieds de Skåljamund, frottant son mufle sur sa main.

— Brave, étrange bête…

Galoper sur le dos de Fort-Croc, son nouveau compagnon, provoquait des sensations étranges, à mi-chemin entre le vol et le mal de mer. Néanmoins, cela permettait de couvrir de grandes distances bien plus rapidement qu'à pied, surtout lorsque l'on transportait le corps à présent odorant de Maître Øğiŭ. Skåljamund était revenu au cercle de pierres de la déesse Yroulïe, là où il avait rencontré pour la première fois le vieux prêtre aveugle. Armé d'une pelle, il avait creusé à côté de la tombe d'Haerith et y avait enterré Øğiŭ selon des rites qui bien que ne se rapportant en aucune manière à la déesse, avaient semblé appropriés au Péon. Il était seul désormais, seul face au conflit et aux nuages qui obscurcissaient son avenir. De sa voix grave, il se surprit à chanter une complainte des temps oubliés. Qu'allait-il donc faire maintenant ? Quelle était la décision à prendre ? Par où commencer ? Qu'importait après tout ? Skåljamund se releva et grimpa sur le dos de Fort-Croc. Retourner au village et au Fut d'Irmoyle serait un bon début. Par les dieux ! Il avait besoin d'une bonne pinte ! Il se retourna une dernière fois pour regarder le cercle de pierre d'Yroulïe et le soleil qui disparaissait à l'horizon. Un petit peu à l'écart, se dressaient les deux monticules jumeaux fraîchement érigés : les dernières demeures de la douce Haerith et d'Øğiŭ le prêtre. Une larme roula sur la peau tuméfiée du jeune homme. En l'espace de quelques semaines, il avait eu l'impression de vivre plusieurs vies à leurs côtés. Et maintenant que le crépuscule embrasait les cieux, était venu le moment d'illuminer par le feu et le glaive la Côte et les Plaines de Kôr.

Le village avait été dévasté. Les maisons, éventrées,

dégueulaient de cadavres tailladés, à moitié dévorés par les loups et par les porcs qui erraient dans les rues. Des pendus se balançaient aux porches, les yeux caves ou becquetés par les corbeaux. Une odeur de charogne régnait sur le charnier et l'air était lourd des mouches invitées au festin. Les Écailleux avaient, une fois encore, massacré hommes, vieillards et enfants, n'épargnant que les femmes en âge de procréer, qu'ils avaient entraînées à leur suite. Skåljamund se précipita à travers les ruelles fumantes, le cœur serré. Le Fut d'Irmoyle achevait de se consumer, son sympathique patron gisant calciné sur son comptoir, une bouteille de pisse-dru à moitié fondue encore enfoncée dans un orifice dont la décence ne saurait dire le nom. Le vieux Mirol, quant à lui, reposait, la gorge ouverte en un triste sourire, empalé sur la chaise qui avait vu son séant plus d'heures qu'elle n'en pouvait compter. Comme dans leur caverne, les Écailleux avaient là aussi laissé un message de revendication. Sur l'une des tables, relativement épargnée par le feu, étaient gravées leurs runes. Cette fois-ci cependant, la langue des hommes leur répondait, traduisant leur discours en ces mots : « Homme de Kôr ! Si tu ne veux pas voir d'autres innocents mourir, viens nous rapporter le réceptacle que tu nous as dérobé à la Tour de la Côte de Kôr. Si tu ne viens pas, beaucoup d'autres périront ! » La rage monta aux oreilles du Péon. Par les dieux ! Pourquoi fallait-il que tant d'innocentes personnes succombent à la cruauté de ces hommes-bête ? Pourquoi fallait-il aussi que ce soit lui, l'Homme des Plaines de Kôr, qui doive supporter la responsabilité de ces massacres ?

La Tour de la Côte de Kôr se dressait, noire et éventrée,

tranchant sur l'horizon. L'ancien poste de guet des armées du Nord avait été abandonné bien des siècles auparavant et il n'était pas étonnant que les Écailleux l'aient choisi comme point de rencontre : personne ne se risquait plus dans ces lieux désolés au milieu des landes et des marais à l'air corrompu. Skåljamund s'aplatit sur le sol visqueux, intimant à Fort-Croc de faire de même, puis rampa plus avant afin d'avoir une meilleure vue. Deux soldats montaient la garde, leurs lances en os reflétant la lumière du soleil déclinant. Par-dessus leur peau écailleuse, ils avaient revêtu une cuirasse de chitine et ils masquaient leur visage d'un heaume de corail. On pouvait également distinguer derrière eux leur étendard de varech noir qui flottait mollement au vent. Tout semblait indiquer qu'ils étaient sur le pied de guerre, prêts à en découdre. Le Péon s'approchait encore lorsqu'il sentit la pointe acérée d'une lance appuyer sur sa nuque. Par les dieux ! Il s'était laissé surprendre comme un imbécile ! Et où était donc passé Fort-Croc ? Les Hommes-poissons le firent se relever et, le poussant sans ménagement, le conduisirent jusqu'à une pièce obscure au premier étage de la tour. Là, ils le laissèrent pieds et poings liés, enchaîné au mur par une longue chaîne, seul avec sa frustration. Les heures passèrent, douloureuses et porteuses de crampes. Le soleil disparut par l'étroite fenêtre et la nuit s'écoula, longue, angoissante, pour enfin laisser place à une aube moite et brumeuse. Avec elle, retentirent des pas dans l'escalier de pierre et la porte s'ouvrit enfin, laissant entrer une délégation d'Écailleux. Leur chef baragouina dans sa langue et l'un de ses suivants tenta tant bien que mal de traduire dans la langue des Hommes :

— Lève-toi, chien !

Skåljamund se mit péniblement sur pieds, les muscles ankylosés par l'immobilisation forcée. Il dépassait d'une bonne tête les Hommes-poissons, aussi leur jeta-t-il un regard condescendant et plein de morgue.

— Libérez-moi, ou il vous en cuira, foi du Péon !

— Tu n'es pas en position de nous menacer, Homme de Kôr. Vas-tu nous dire où est le réceptacle ?

— Quel réceptacle ? Mais enfin, de quoi me parlez-vous encore ?

— La femelle Homme que tu nous as volée.

— Ah ! Et en quoi vous importe-t-elle donc ? Elle est morte par votre faute !

— Quoi ? Tu l'as tuée ? Tu vas payer, chien !

Un poing aux écailles dures s'écrasa sur la face rembrunie du Péon. Il cracha un filet de sang et leur répondit, droit dans les yeux :

— Imbéciles ! Elle est morte à cause de vous ! Si vous ne l'aviez pas enlevée, Haerith serait encore de ce monde !

— Elle allait servir de réceptacle au grand Gollarsss. Il n'existe pas de plus grand honneur pour une sous-espèce comme la vôtre !

— Tu sais ce qu'elle te dit, la sous-espèce ?

— Puisque le réceptacle n'est plus, tu ne nous sers plus à rien. La vengeance de Gollarsss s'abattra sur les villages côtiers, et toi, tu mourras au crépuscule, comme l'exigent les dieux ! Gardes ! Tuez-le, ce soir, au coucher du soleil. Le grand Gollarsss appréciera l'offrande de ce mécréant !

Skåljamund regarda stupéfait la délégation quitter les lieux sur ces paroles. Comment avait-il pu se laisser attirer dans ce lieu ? Il allait mourir loin de toute civilisation, des mains – ou plutôt des palmes – d'une bande d'hybrides complètement abrutis, au nom d'un grand dieu dont il n'avait jusqu'alors jamais entendu parler. Il cracha de dépit en observant dépité les deux gardes qui allaient l'offrir en sacrifice le soir même.

La journée s'était écoulée lentement. Toujours ligoté au sol, notre héros avait nerveusement tenté de compter les heures, tenaillé par la faim, la fatigue et l'inconfort de sa situation. Il était perdu dans un demi-monde, à mi-chemin entre le délire et l'inconscience, quand une clef tourna dans la serrure de sa cellule et la porte s'ouvrit. Les deux gardes étaient revenus, lame au clair, prêts à l'offrir en pâture à leur dieu couvert d'écailles. Skåljamund se raidit instinctivement lorsqu'ils se saisirent de lui et se débattit avec l'énergie du désespoir. Foi de Péon, il n'avait guère envisagé une telle mort et allait vendre chèrement sa peau ! Frappant de ses poings liés, il faisait tout son possible pour échapper au destin qui lui semblait promis, mais que pouvait un homme ainsi ligoté, même aussi fort que Skåljamund ? Les gardes riaient de ses efforts, se jouant même de lui. Personne alors ne prêtait attention à l'étrange frottement qui se faisait entendre le long des pierres. Alors que finalement lassés, les deux Hommes-poissons allaient embarquer le Péon vers l'autel de Gollarsss, une ombre soudaine fondit sur eux depuis la fenêtre, lacérant les chairs, brisant les os, dévorant les corps. Fort-Croc était là, jouant des griffes et des crocs pour secourir son maître ! Les deux Écailleux n'opposèrent pas une grande résistance et Fort-Croc s'allongea bientôt sur le sol dallé, rongeant un cuissot d'Homme-poisson avec application pendant que Skåljamund se défaisait de ses liens. Par les dieux, il l'avait échappé belle !

Le Péon se retourna pour regarder flamber l'ancienne tour de garde et son contingent d'Écailleux. Il avait fini par remarquer que ceux-ci n'utilisaient guère de feu, aussi s'était-il senti obligé de leur en fournir un peu, pour les réchauffer avait-il dit. Il revit en pensée la panique que les flammes avaient provoquée, l'odeur de chair et de poisson grillés qui s'était élevée. Son cœur avait alors battu à l'unisson des cris des monstres à l'agonie. Alors que les flammes avaient dévoré la tour plus rapidement qu'il ne l'avait imaginé, Skåljamund avait sauté sur le dos de Fort-Croc, et ce fut en rampant le long de la paroi au milieu des braises ardentes voletant au vent que celui-ci l'avait ramené sur la terre ferme, s'agrippant aux pierres de ses pattes crochues. Et maintenant, voici qu'ils galopaient loin de là, retournant vers les villes et villages de la Côte de Kôr avec, en guise de garde-manger pour Fort-Croc, deux cadavres d'Écailleux enroulés dans une couverture.

Les villages côtiers vivaient à présent dans la peur. Les récits des attaques des Hommes-poissons s'étaient répandus comme une traînée de feu grégeois, les paroles avaient été déformées, puis amplifiées et maintenant, le moindre étranger pénétrant les rues terrifiées des bourgs était dévisagé avec une défiance exacerbée et accueilli à coups de piques. Néanmoins, la rumeur voulait qu'un guerrier farouche se soit élevé contre l'engeance maudite qui rapinait, pillait et ravageait la Côte et que ce guerrier ait pour nom Skåljamund. On racontait qu'il chevauchait une créature qu'il avait arrachée des Douze Enfers d'Herpalion. On chuchotait que ses bras puissants pouvaient fendre les troncs et que son regard avait embrasé la Tour de la Côte de Kôr. On murmurait également, quand les maris dormaient, que les donzelles se pressaient en masse pour goûter au miel de son corps musclé. Aussi le Péon fut-il accueilli avec liesse lorsqu'il pénétra dans la paisible, mais prudente, cité d'An-Úril. Au milieu des vivats et des acclamations, il se dirigea vers la place centrale, suivi d'une foule toujours plus dense. Arrivé là, il se dressa dans ses étriers et s'adressa au bon peuple d'An-Úril :

— Habitants de la Côte de Kôr ! N'en avez-vous pas assez de ployer sous le joug des Écailleux ? Qu'ils pillent vos villages, volent vos récoltes, violent vos femmes ?

— Si ! Si ! Bouh, à mort les Écailleux !

— Justement, parlons-en ! J'ai juré, sur les dieux que j'ai maudits, de débarrasser la Côte et les Plaines de Kôr de ces monstres hybrides !

— Ouais ! Continue !

— Serez-vous avec moi ?

— On te soutient, le Péon ! Vive le Péon, vive le libérateur, notre héros !

— M'accompagnerez-vous sur leur île, les frapper au cœur ?

— …

— Prendrez-vous les armes contre eux ? Fier peuple de la Côte, vous soulèverez-vous ?

— …

La place s'était vidée à mesure que Skåljamund exhortait les habitants d'An-Úril. Vénérer les héros était bien dans les cordes du bas-peuple, les suivre était une autre histoire. Nul n'était assez brave pour s'armer contre les Hommes-poissons et encore moins pour mener une attaque directement dans leur antre sur leur île. Le Péon ne parlait plus que dans le vide. Une lassitude soudaine s'empara de lui. À quoi cela servirait-il de mourir en martyr pour libérer ces peuples, incapables de se prendre en main et de lutter pour leur liberté ? Il en était là de ces pensées lorsqu'une douleur cuisante le terrassa, le faisant chuter au sol. Il regarda son avant-bras et fronça les sourcils. Ses mains tremblaient, incontrôlables. Ses veines saillaient bien plus que de coutume et affichaient une teinte sombre. Sa peau avait craqué par endroits et, desséchée, laissait suinter un pus malodorant. Le mal qui l'avait envahi se décuplait au moindre mouvement des phalanges. Il serra les dents pour ne pas laisser échapper un gémissement et lutta pour ne pas défaillir.

Par les dieux, la douleur était devenue intenable ! Il sentait son bras palpiter, comme animé d'une vie propre, ou plutôt d'une mort propre. Il lui fallait un apothicaire, et vite ! Il lança Fort-Croc au galop dans les rues de la ville, renversant les piétons sans ménagement, à la recherche de l'enseigne si ardemment désirée. Mais rien ! Il avait beau arpenter les ruelles sinueuses de long en large, sauter de toit en toit sur le dos de son étrange monture, il ne voyait rien qui ressemblât de près ou de loin à l'échoppe dont il avait tant besoin. L'angoisse agrippait maintenant ses entrailles de sa poigne glacée, à la mesure de la souffrance qui rongeait son bras. La force l'abandonnait peu à peu et il était maintenant penché bas sur l'encolure de Fort-Croc lorsque soudain, comme si les dieux tentaient de se rattraper des malheurs qu'ils avaient mis sur son chemin, l'enseigne de l'apothicaire apparut devant lui. Un brin rouillée et branlante, mais qu'importait ? Il se jeta à terre plus qu'il ne démonta de selle et, se traînant difficilement, poussa la porte de l'échoppe.

— Ho… holà, … l'apo… l'apothicaire !

Un petit homme dodu et affable le fit entrer, tordant déjà ses mains d'impatience à la vue d'un client.

— Bonjour monsieur, que puis-je pour vous ?

— Je…

— Oh, vous m'avez l'air bien mal en point ! Mais attendez, ne seriez-vous pas…

— Skål… Skåljamund.

— Ah, un héros, dans ma modeste boutique ! Quel honneur ! Que puis-je donc faire pour vous agréer ?

— Je… J'ai besoin… d'aide ! Voy… voyez cela !

Le Péon releva péniblement sa manche, exhibant son membre putrescent sous le nez de l'apothicaire, qui recula, incommodé par l'odeur qui s'en dégageait.

— Mais vous pourrissez de l'intérieur, ma parole ! Comment vous êtes-vous fait ça ? Un mauvais coup d'épée qui ne guérit pas ? Une estafilade empoisonnée ? Les crocs de quelque créature venimeuse ?

— Mal…

— Oui, je me doute bien que vous avez mal ! Mais il me faut absolument savoir quelle en est la cause, pour contrer un tel mal !

— Malédiction !

— Quoi, malédiction ?

— Écailleux…

— Oh, vous voulez dire que les Écailleux ont jeté une malédiction sur vous ? Fichtre ! Cela s'annonce ardu ! Tenez, essayons donc cet onguent.

L'apothicaire sortit de l'une de ses armoires un pot de terre et en appliqua le contenu sur le bras du Péon. La pommade, épaisse et graisseuse, fit flotter dans l'air confiné de l'échoppe une fragrance d'herbes et de suif mélangés. Une sensation de brûlure, vive, s'empara aussitôt de l'Homme de Kôr, qui retira son bras d'un geste sec.

— Aïe ! Quel est donc… ce poison ? Ça… brûle !

— Ah ? C'est pourtant censé soulager le mal ! Rinçons-le à l'eau claire. Voilà. C'est mieux ?

— Oui… Gnôle ?

— De la gnôle ? Sur une blessure ? Vous n'y pensez pas ! Cela vous… Ah, pardon ! Je comprends ! Vous avez raison, un peu d'anesthésiant vous fera le plus grand bien. Tenez, buvez ça. Maintenant, nous allons tester l'essence de gentiane. Voilà. Est-ce mieux ?

La grimace de douleur de Skåljamund lui apprit que non. Ils continuèrent ainsi, appliquant baume après baume, décoction après décoction, liniment après liniment. À chaque fois, le feu qui courait dans les veines du Péon s'amplifiait, le torturant davantage. Son visage livide était maintenant couvert de sueur, ses muscles, tendus à se rompre. Toujours, la nécrose dévorait plus de chair, étendant à vue d'œil son emprise purulente. Les dents serrées sur un morceau de bois pour ne pas hurler, Skåljamund subissait, impuissant, les échecs successifs de l'apothicaire. Au bout de plusieurs heures de ce traitement inhumain, l'herboriste rendit les armes :

— Je ne peux plus rien, sire Péon ! Vous m'en voyez désolé ! Vous avez épuisé toutes mes ressources. Mon savoir n'est pas suffisant, mes onguents n'ont pas d'effet sur les malédictions ! Il vous faudrait aller voir un mage ! Tenez, par exemple, allez voir Sakhmaal, à Sakhmaalgrad ! On dit qu'il est le plus grand de la Côte de Kôr !

— Non… Celui-là, on peut… l'oublier. Ja… jamais il ne m'aidera. Il m'a… chèverait plu… plutôt.

— Le vieil Øğiŭ alors, le prêtre d'Yroulïe qui garde le cercle de pierre dans les collines à quelques heures de marche d'ici !

— Il… il est mort.

— Oh. Je ne le savais pas. Attendez que je réfléchisse. Il doit bien avoir un mage dans les parages !

— Ou… oubliez les… mages. Sont trop… trop imbus… d'eux-mêmes. Ils… ils n'accept… eront ja…jamais de me soigner. Je… je n'ai pas d'ar… d'argent.

— Priez les dieux pour un miracle ?

— Mau… Je les ai… maudits !

— Je ne vois plus qu'une solution pour vous alors : il vous faut aller voir les elfes.

— Les… les elfes ?

— Oui, je sais bien ce que vous pensez. C'est malheureux d'en arriver à de pareilles extrémités… Des êtres vils, dégénérés et aigris… Mais on dit que leur magie est puissante et qu'ils ont les Écailleux en horreur. Je ne suis pas sûr qu'ils vous aident, mais il faut tenter votre chance. Qu'avez-vous de plus à perdre ? En attendant, je vais vous donner quelque chose pour que vous puissiez survivre au moins jusqu'à leurs bois. Enfin je l'espère. Il s'agit d'élixir d'antiane. C'est très puissant. Vos facultés seront altérées, mais vous ne sentirez pas la douleur. Enfin, pas trop.

L'apothicaire jeta un dernier regard à Skåljamund, que la souffrance commençait à faire délirer. Sa tête dodelinait de gauche à droite. Un filet de bave coulait de ses lèvres entrouvertes et son regard, hébété, était perdu dans le vide. Il approcha une fiole au contenu violet de la bouche du Péon et le força à ingurgiter son contenu avant de reprendre, d'une voix pleine de compassion, presque pour lui-même :

— De toute façon, si la magie des elfes Øosinën ne fonctionne pas… Ce sera la fin du Péon ; hélas ! Vous mourrez.

Ainsi quittons-nous Skåljamund le Péon, alors que s'achève cette troisième partie de ses aventures. Notre héros survivra-t-il à la malédiction qui le ronge ? Trouvera-t-il encore en lui la force de lutter contre les Hommes-poissons ?

ÉPISODE IV

L'ARBRE-MATRICE

Par tous les dieux, comment allait-il se sortir de ce mauvais pas ? Skåljamund avait quitté la ville d'An-Úril, à moitié mort, sur le dos de Fort-Croc, et avait lancé sa monture dans la direction indiquée par l'apothicaire. À trois jours de cheval d'ici, avait-il dit. Trois jours, sans doute le nom de l'un des Douze Enfers d'Herpalion ! Drogué à hautes doses d'élixir d'antiane, le Péon arrivait à se tenir à peu près droit sur sa selle et à réfléchir plus ou moins clairement. Il savait la douleur toujours là, lancinante, telle un parasite dont on croyait s'être débarrassé mais qui guettait, silencieux et tapi dans l'ombre, le moment propice pour revenir à la charge. Il pouvait sentir par moments les élancements dans son bras et voir ses doigts se contracter soudainement indépendamment de sa volonté. Il sentait le poison ronger peu à peu son corps. Allait-il atteindre le Bois-aux-Elfes à temps ? Saurait-il convaincre l'étrange peuple de l'aider ? Tant de questions tournaient dans sa tête, sans réponse aucune, qu'une migraine tenace l'enserrait maintenant comme un étau. Il continuait néanmoins de galoper, poursuivant inlassablement le soleil vers l'est.

Trois jours avaient maintenant passé et Skåljamund venait d'atteindre le Bois-aux-Elfes. À mesure qu'il s'était rapproché de la lisière des arbres, le paysage s'était métamorphosé. Autant les Plaines et la Côte de Kôr étaient une succession de champs luxuriants et de falaises aux couleurs chatoyantes, autant les abords du Bois offraient un contraste saisissant. Le soleil paraissait plus bas à l'horizon. Le ciel, d'habitude d'un azur pur, arborait une couleur sale et charbonneuse et de lourds nuages y étaient suspendus. L'herbe verte avait fait place à une fange gorgée d'eau et les pattes si habiles de Fort-Croc s'en arrachaient avec un bruit de succion écœurant. Une étroite bande de terre servait de chemin, envahie de ronces et d'ornières. Les ombres d'étranges rapaces tournaient autour du Péon et celui-ci ne savait plus s'il arpentait les chemins de la réalité ou s'il avait définitivement basculé dans la folie. Il pénétra enfin dans le Bois si ardemment recherché. Il approchait, à n'en pas douter. Il reconnaissait cette odeur forte que sa mère-grand lui avait tant de fois contée, si caractéristique de la présence des elfes honnis. Pas après pas, il s'enfonça dans la pénombre. Pas après pas, la voie se faisait plus ardue, les branches basses lui frappant indifféremment les côtes, les cuisses, le visage. Fort-Croc jaillissait d'arbre en arbre, bondissait du chemin de boue à quelque branche proche, avançant comme il le pouvait dans cet enfer végétal. Une chaleur moite montait du sol, transpirait des troncs. Peu de sons filtraient à travers l'épais feuillage et ce n'étaient que croassements rauques et mugissements effrayants. Alors qu'il cahotait toujours plus vers le cœur de la forêt, Fort-Croc s'arrêta soudain, frappant le sol de sa patte griffue et dévoilant les crocs. Skåljamund tentait de voir à travers l'obscurité et la sueur qui lui coulait sur le front et à force de fixer devant lui, il découvrit la raison de cet arrêt inopiné. Une créature humanoïde se tenait devant lui, traversant lentement le semblant de chemin. Des membres élancés aux longs doigts émaciés, une peau couleur de mousse dévoilant une nudité tout autant impressionnante, mais le plus inquiétant peut-être restant ces yeux, d'un jais si sombre qu'il semblait aspirer le peu de lumière subsistant en ces lieux. Ces prunelles, pourtant, étaient en partie masquées par une collerette pointue et molle, un chapeau tenant lieu de tête à la créature. Une forte odeur de moisissure accompagnait l'apparition qui se tourna vers le nouvel arrivant. Les lamelles composant le dessous de ce chapeau s'agitèrent et un son s'éleva, composant des syllabes dans la langue des Plaines. L'Homme-champignon leva les bras pour bloquer le passage, emplissant l'espace de sa présence menaçante.

— OooOooh ! Que viens-tu faire en ces lieux, HoooOoohmme des Plaines ? Nul ne vient plus ici !

— Je…

— OooOooh ! OooOoohubliés de tooOoohus, rien ne subsiste… Tu pooOoohrtes en tooOoohi la marque sooOoohmbre ! Que viens-tu faire ?

— Je… Je cherche les elfes… Et co… Comment sais-tu

pour… la marque ?

— MoooOoohrt et destructioooOoohn… Tu veux la guerre, je le sens ! Je sens la marque, elle te roooOoohnge ! Guerre et pestilence… Tu sens la moooOoohrt… Guerre… Avec les elfes ?

— Non… Je… Je ne leur veux… aucun mal… Je… Je me meurs. Eux seuls… Eux seuls peuvent encore me guérir.

— OoooOoooh ! Guérir ? Magie ? Magie ancienne… CooooOoohrrooooOoohmpue… Danger, les elfes… Imprévisibles… Passe-donc, si tel est tooooOoohn soooOoohuhait, mais sache que le service des elfes a un prix et que les esprits anciens ne sont plus ceux qu'ils étaient…

L'étrange échange se termina et l'Homme-champignon reprit sa route, entraînant dans son sillage ses remugles de décomposition.

L'avertissement résonnait encore aux oreilles du Péon lorsqu'il aperçut les premiers signes du village. Arbres moins denses, passerelles de cordes, et surtout, gardes dissimulés dans les fourrés, pointant leurs arcs ou leurs sarbacanes sur lui, tout indiquait qu'il avait enfin trouvé. Le sous-bois, même s'il devenait plus praticable, ne laissait plus filtrer que peu de la pâle lumière du soleil, ce qui assombrissait encore un peu plus le village qui se dévoilait. Celui-ci tenait plus d'une gigantesque favela arboricole que de l'aérienne et délicate civilisation qu'avaient pu représenter autrefois les elfes. Le lieu empestait l'humus et les feuilles putréfiées. L'écorce même des arbres dans lesquels étaient taillées les masures était couverte de champignons vénéneux ou carnivores. Le peuple autrefois fier et gracieux portait les stigmates de l'oppressante décadence des lieux et de la voracité de leur habitat : trognes haves et émaciées, membres manquants ou tronqués, corps malingres couturés de cicatrices et de plaies purulentes. Et au milieu de tout cela trônait leur divinité omnipotente, ou plutôt ce qu'il en restait : l'Arbre-matrice, large et imposant, dressé vers le ciel, mais noirci par la lèpre environnante et tordu comme les âmes de ses sujets. Sa matrice, d'ailleurs, n'était plus qu'une boursouflure sèche s'ouvrant comme une blessure sur son tronc ; elle n'engendrait plus guère d'elfe nouveau-né comme elle le faisait jadis, ou alors difforme, frêle et dégénéré. Tous les habitants s'étaient réunis des deux côtés de l'étroit chemin menant à la localité, dardant, en plus de leurs armes, leur regard affamé sur le Péon qui s'avançait droit vers eux, l'air particulièrement mal en point. L'un d'entre eux s'interposa en claudiquant, la mine retorse et veule, les cheveux clairsemés et décorés de plumes tombant jusqu'au sol boueux.

— Holà, étranger ! Que viens-tu faire, sur les terres des Øosinën ? Réponds, et si tes paroles nous conviennent, tu seras le bienvenu. Si ce n'est pas le cas… Tu régénéreras nos âmes et contenteras nos panses.

— Quel… charmant accueil, venant du… puissant peuple… des elfes !

— Tu oses déverser tes sarcasmes sur nous ? Prudence, étranger, ou il t'en cuira !

— C'est que je… croyais… les Øosinën fiers et… braves, raffinés… et beaux. Je ne vois… ci-devant que… miséreux et dégénérés !

Les phalanges de l'emplumé blanchissaient à force de serrer de rage le bâton noueux sur lequel il s'appuyait. Il se contint néanmoins :

— Je répète donc ma question. Que viens-tu faire en ces lieux ?

— Je… cherche… l'elfe-mé… médecine… de votre peuple. J'ai… besoin de lui.

— Ainsi donc, tu viens ici en faisant le fier-à-bras, en insultant notre peuple, et maintenant tu requiers notre assistance ? Tu requiers la sagesse ancestrale des elfes Øosinën ? Donne-moi une raison pour laquelle je devrais t'aider ?

— J'ai… entendu dire… que vous détestiez les… Écailleux… encore plus que toutes les autres… créatures de ce monde. J'ai… entendu dire… que vous creviez… d'envie… de les voir pourrir… au fond de la mer d'Ontoise. J'ai… entendu dire…

— Allons, étranger, finis-en !

— Eh bien soit. Je… suis Skåljamund le… Péon ! Je vous… propose mon… bras pour exaucer votre… souhait le plus cher. J'ai fait… vœu… de débarrasser les Plaines de Kôr de… ces Hommes-poissons, jus… jusqu'au dernier. Seulement, je… je ne peux le fai… faire mort. Voyez… cela !

Skåljamund releva sa manche, exhibant son bras nécrosé. Un murmure d'écœurement traversa la foule des Øosinën.

— Ils… m'ont mau… maudit. L'œil de… leur Grand… Dieu est sur moi. On m'a… m'a dit que vo… votre médecine pouvait… me libérer de son em… emprise. Guérissez-moi, et je… je vous rapporterai la tête de… de Gollarsss !

— Ainsi tu veux la médecine des elfes, sans quoi tu mourras ? Te rends-tu compte que ce que tu demandes est fort cher, et encore plus pour quelqu'un qui ne fait pas partie du peuple élu ?

— Quel… est ton p… prix ? Je te… préviens, jc… je n'ai pas d'or.

— Ah ! Quelle naïveté ! L'or n'est rien, pour nous autres ! Non, nous n'avons que faire de ces cailloux dorés. Notre prix est bien plus élevé. Il nous faut la vie. Il nous faut le prix du sang…

— Je ne… ne… vois pas en qu… quoi ma mort vous aiderait… dans l'affaire. Même… sans vous… je suis… suis un mort en sursis.

— Idiot ! Je ne parle pas de ta mort, mais de ta vie. Notre peuple se meurt. Nous avons besoin du sang des Hommes pour nous régénérer. Mais l'Arbre-matrice est mourant lui aussi. Notre essence se délite en même temps que lui. Non, nous ne voulons pas ta mort, pas encore ! Nous voulons ta semence de vie, nous voulons que tu fécondes l'Arbre-matrice pour qu'il engendre de nouveau des Øosinën !

— Par… pardon ? Vous voulez que… que je fornique avec… votre Arbre-cul tout… tout pourri ?

— Modère tes paroles blasphématoires, le Péon ! Il existe bien des manières de transmettre l'étincelle de vie. L'Arbre-matrice est notre père et notre mère à tous. Il nous porte en son sein, il nous dispense la vie. Ensemence-le et tu auras droit à notre reconnaissance et à notre aide. Mais ne t'avise surtout plus de cracher ton venin dessus, ou nous nous passerons de ta vie, que tu perdras malgré tout. Tu m'as bien compris, étranger ?

— Très b… bien. Vous aurez ce… ce que vous cher… cherchez, même si je… je dois avouer que je ne… vois pas co… comment m'y prendre…

Skåljamund éprouvait les pires difficultés à se tenir sur sa selle. Pris de vertige, il oscillait maintenant dangereusement, proche de l'évanouissement. Sentant son cavalier défaillir, Fort-Croc plia les jarrets et s'aplatit au sol, laissant approcher les elfes tout en montrant sa dentition aiguisée afin de prévenir toute traîtrise. Des mains crochues et avides saisirent le Péon. Sous la houlette de l'elfe à plumes, elles transportèrent l'Homme de Kôr sur une paillasse de mousse brune et sale afin qu'il puisse être examiné. Les estomacs réclamaient leur dû avec force gargouillis et les elfes faisaient manifestement un effort colossal pour ne pas déchirer la peau blême de l'humain et plonger leurs dents déchaussées et brisées dans la chair tendre. D'un geste, l'emplumé leur ordonna de s'écarter, ce qu'ils firent à regret. Il s'approcha, penché si bas que son nez aquilin touchait presque le sol spongieux. Son regard biaiseux se posa sur le Péon, l'examinant sous toutes les coutures. Le nez verruqueux renifla. Les mains palpèrent. Skåljamund délirait à présent, bave aux lèvres. Toute force l'avait déserté. Fort-Croc gémissait et couinait, tournait en rond, inquiet pour son maître. Après quelques instants pendant lesquels tout le village retint son souffle, l'elfe se redressa.

— Il est presque mort, l'Humain bravache ! Peuple Øosinën ! Que décidez-vous ? Le mangeons-nous dès à présent ? Où le remettons-nous sur pieds pour tenter de féconder l'Arbre-matrice ?

Un murmure parcourut l'assemblée et enfla rapidement. Le débat faisait rage, chacun soupesant les différentes possibilités, tiraillé entre l'assouvissement immédiat d'une faim inextinguible ou la perspective d'assurer la survie de l'espèce. Des voix s'élevèrent, divergentes :

— On le bouffe !

— Manger !

— Sauvons l'Arbre !

— J'ai faim !

— Le peuple d'abord !

— On doit survivre !

— Un gigot d'Homme ! J'ai faim !

— D'la graille !

— Qu'il féconde l'Arbre et qu'on l'bouffe ensuite !

— Quoi ? Vous voulez boulotter ça ? L'est tout pourri ! L'est faisandé, l'Homme !

— Ah oui, c'est vrai ça ! On peut pas bouffer ça ! Il va nous rendre malades !

— Elfe-médecine ! Elfe-médecine ! Soignez-le, qu'il féconde l'Arbre ! Ensuite il sera toujours temps de se l'faire !

L'elfe aux plumes dans les cheveux leva les bras en l'air, imposant aussitôt le silence.

— Peuple Øosinën ! Je vous ai compris ! Réjouissons-nous de ce cadeau divin. Car on peut le dire : ce sont les dieux qui gravitent autour de l'Arbre-matrice qui nous ont envoyé cet Homme ! Grâce à lui, nous allons pouvoir régénérer le Pilier de notre Foi, nous allons pouvoir redonner vie à notre peuple ! Allons, fils et filles des bois ! Apportez-moi belladone et digitale, ortie et amanite ! Nous avons un rituel de guérison à accomplir ! Et ce soir, lorsque l'Arbre-matrice sera de nouveau plein de vie, alors nous célébrerons comme il se doit cet événement ! Le temps des elfes est de nouveau venu !

D'une seule et même voix, l'assemblée reprit ce refrain :

— Le temps des elfes est revenu ! Le temps des elfes est

revenu ! Le temps des elfes est revenu !

Une fois les ingrédients demandés rassemblés, l'elfe-médecine, accroupi près du corps dénudé de Skåljamund, s'appliqua à les réduire en une poudre grossière, crachant dedans pour l'épaissir, jusqu'à obtenir une pâte dense. Se relevant alors, il se mit à danser, les plumes de sa chevelure voletant autour de lui telles un vautour. « Orooolynn ! Elohynn ! Orooolynn ! » À ces mots, Skåljamund, toujours allongé sur son lit de mousse, se tordit de douleur. L'air sembla s'épaissir et s'assombrir encore un peu plus. L'elfe-médecine tournoyait, gesticulait, tandis qu'il soufflait sur la pâte qu'il tenait dans les mains ; des sons inhumains sortaient de sa gorge. La peau du Péon creva dans un craquement atroce. Son sang, épais, visqueux, se répandit au sol, dégageant une puanteur insoutenable. Roulant au sol, il vomit un filet de bile. L'elfe dansait toujours, scandait toujours sa sombre mélopée. L'os apparut alors sous la chair nécrosée, sa blancheur tranchant sur l'obscurité. Le corps entier du Péon était recouvert de sueur. Les elfes du village, rassemblés en cercle autour d'eux, chantaient et frappaient le sol en cadence. « Orooolynn ! Elohynn ! Orooolynn ! » Skål se prit la tête entre les mains, tentant en vain de chasser la souffrance qui lui vrillait les nerfs. Ses ongles s'enfoncèrent dans la peau, mordirent et lacérèrent la chair. Sa volonté avait été anéantie, il ne désirait plus qu'une chose : que la douleur s'arrête, que le serpent de feu qui lui rongeait les entrailles le délaisse enfin. Et toujours, les elfes psalmodiaient en rythme, dansant une gigue terrifiante et sauvage. « Orooolynn ! Elohynn ! Orooolynn ! » L'elfe-médecine étala alors l'onguent sur le corps dénudé du Péon :

la douleur l'étreignit, une fois encore, plus forte que tout. Il sentit son cœur éclater, ses os se briser en mille esquilles. Les elfes hurlèrent. « Orooolyun ! » Puis un voile noir tomba sur ses yeux.

Quand il sortit de sa torpeur, Skåljamund ne ressentait plus aucune douleur. Il bougea les doigts : ceux-ci répondirent parfaitement, sans la moindre rigidité, sans la moindre difficulté. Ouvrant les yeux, il aperçut la face parcheminée et crasseuse de l'elfe-médecine penchée sur lui, un sourire édenté la fendant de part en part. L'odeur qu'il reçut dans les narines, puissante et musquée, acheva de le réveiller.

— Alors, Humain, on s'sent mieux ?

— Ouais. Plutôt.

Skåljamund baissa les yeux sur son bras. La chair semblait ferme, aussi musclée qu'auparavant, mais là où s'étendait la nécrose maudite des Écailleux courait maintenant un réseau de cicatrices aussi complexes que noires. Des entrelacs de scarifications, dessinant d'indéchiffrables glyphes elfiques comme autant de tatouages rituels.

— Par les dieux ! Qu'est-ce que vous m'avez fait ?

— Nous t'avons soigné ! Remercie les esprits car ce sont eux qui ont levé la malédiction des Écailleux ! Et maintenant, tu dois remplir ta part du marché ! Tu dois féconder l'Arbre-matrice !

— Ça va, c'est bon, j'ai compris ! Pas la peine de me le répéter sans arrêt ! Je vous ai déjà dit que j'allais le faire ! Mais dis-moi d'abord, l'elfe, ce que c'est que ce bordel sur mon bras ? Qu'est-ce que vous avez foutu ?

— Ça ? Nous avons juste pris nos précautions. Nous avons scellé notre pacte dans ta chair. Tu ne pourras pas te défiler. Soit tu fécondes notre grand dieu, soit tu mourras. Et sache que la piètre magie des Hommes-poissons n'est rien comparée à celle du peuple Øosinën !

Maudits soient les dieux ! Il devait maintenant trouver le moyen de rendre vie à un morceau de bois ! Comme s'il n'avait pas suffisamment de problèmes avec les Écailleux, Skåljamund devait maintenant se farcir des elfes dégénérés et complètement tarés. Comment allait-il donc faire, pour leur Arbre-cul putréfié ? Et comble de malchance, les elfes semblaient déterminés à le retenir coûte que coûte. Une garde rapprochée le suivait à chaque pas, armée jusqu'aux dents : sarbacanes et fléchettes empoisonnées, lames aussi torves que leur regard, casse-têtes aux dents acérées. Ils lui avaient de plus confisqué son attirail et ses armes et Fort-Croc, sa supposée terrifiante monture, semblait avoir été apprivoisé en moins de temps qu'il n'en fallait pour le dire. Soit les soudards de Sakhmaal étaient de sacrés couards, soit ces Øosinën maîtrisaient une puissante magie, capable d'hypnotiser les esprits les plus bruts ! Le Péon rongeait donc son frein, réfléchissant à un quelconque moyen d'accomplir la délicate mission imposée par ses geôliers. Mais les jours passaient, lentement, interminablement, sans que la moindre idée lui vienne. À mesure que le temps suivait son cours, la tension augmentait dans le village. L'Arbre-matrice restait désespérément malade, et l'Homme de Kôr vagabondait, peu pressé de remplir son rôle. La magie de l'elfe-médecine lui avait rendu toute sa force et sa santé, mais il ne paraissait pas vouloir rembourser sa dette.

L'hostilité croissait toujours plus à son égard. S'il ne pouvait guérir l'Arbre, alors contenterait-il les estomacs ! Il voyait les regards se faire plus insistants, soupesant la moindre parcelle de chair de son corps, le dépeçant sur place, se délectant déjà du festin à venir. La situation était proche de dégénérer en émeute, aussi l'elfe-médecine prit il une décision radicale. D'un geste, il fit signe à ses ouailles, qui se jetèrent avec avidité sur le Péon, lui arrachant ses vêtements et le ligotant solidement. Sa dernière heure semblait venue, il allait finir dévoré par des elfes anthropophages. On le jeta sans ménagement sur le sol devant l'Arbre-matrice. Une elfe aux seins flasques et à la peau flétrie empoigna son vit, le serrant fermement dans sa main griffue tout en lui imposant un mouvement de va-et-vient. Le dégoût monta en Skåljamund aussi rapidement que le sang afflua mécaniquement dans son membre viril. D'autres créatures tout aussi répugnantes se joignirent à elle et il se retrouva bientôt enseveli sous une masse de corps corrompus et à l'odeur écœurante. Des mains le palpaient. Des langues couraient sur sa peau. On forçait ses doigts à caresser ces épidermes couverts de bubons et de poils immondes. Il aurait voulu fuir, mais ses liens empêchaient tout mouvement et l'idée même de se retrouver avec une nouvelle malédiction sur le dos l'en aurait dissuadé. On le souleva de nouveau, pour le rapprocher encore de l'Arbre-matrice. Il se retrouva bientôt devant la fente béante du dieu de bois. Un sexe arboricole, desséché, durci par maints enfantements et par les ans qui avaient passé. Une vulve d'écorce, noircie par la décrépitude et les champignons qui la rongeaient. Le manège recommença : les femelles Øosinën parcoururent son corps luisant et le chevauchèrent sauvagement, griffant son torse musclé, abusant de lui sans qu'il ne puisse aucunement se défendre. Un plaisir nauséeux monta en lui, mêlé de répulsion. Mais les elfes ne cherchaient pas à lui accorder le moindre répit, aussi s'évertuaient-elles à maintenir en vie ce désir malsain sans lui permettre de jouir. Pas tout de suite du moins. Du sang commençait à perler de ses multiples entailles et griffures. Des servants de l'elfe-médecine jaillirent alors de nulle part, apportant avec eux de longs boyaux d'écureuil reliés à de petites pompes. À l'aide de fines aiguilles d'os creuses, ils en fixèrent une extrémité aux veines saillantes du Péon, puis enfournèrent l'autre dans la matrice de l'Arbre. Ils firent de même avec sa verge durcie. Les femelles Øosinën accentuèrent leurs efforts, faisant monter en lui une sève qui ne demandait qu'à s'écouler. Son sang bouillonna, et se répandit dans les tuyaux jusqu'à s'épancher dans l'Arbre. Alors seulement il remarqua que le village entier le regardait, concupiscent, au son des tambours et des fifres, et scandait d'une seule voix gutturale : « Orooolynn ! Hüskadynn ! Orooolynn ! Hüskadynn ! Orooolynn ! »

Le coït primitif s'arrêta aussi soudainement qu'il avait commencé et on lui retira les boyaux maculés de sang et de foutre. Tous fixaient le tronc derrière lui. Tournant avec peine la tête, il vit l'Arbre-matrice pris d'un soubresaut qui fit s'envoler les corbeaux nichant dans sa ramure. Le tronc, qui avait recouvré une teinte moins sombre, se tordait, se contractait ! Par les dieux ! On eut dit un serpent s'agitant en tous sens. Le vent s'était levé en hurlant et de lourds nuages s'étaient amoncelés, prêts à crever et déverser leur crachin sur le village. Tous les visages étaient suspendus au moindre frémissement de l'écorce. Tous savaient ce qui se passait, tous attendaient, espéraient. La vulve de bois se rétrécit soudain, semblant se replier vers l'intérieur du tronc à mesure qu'un bourrelet d'écorce convergeait vers elle. Un dernier tressaillement et elle se relâcha, expulsant violemment une poche gluante et verdâtre sur le tapis de mousse devant elle. Le silence se fit et l'elfe-médecine se précipita, plumes volant à sa suite. Il se pencha et scruta la forme oblongue et molle, crispé par l'attente qui parut interminable. Puis soudain il exulta et poussa un cri à s'en décoller la plèvre : « Elohynn ! Elohynn ! Il est vivant ! L'Arbre-matrice a donné naissance à un nouvel Øosinën ! » Tous se prosternèrent alors, tandis que la gangue visqueuse s'agitait, qu'une forme à l'intérieur tentait de s'extirper de sa prison gélatineuse. Une main déchira la membrane et sortit à l'air libre. Un bras suivit. Puis une tête et enfin un corps tout entier. Un elfe venait de naître. Un elfe aux yeux perçants et à l'imposante carrure, mâtinant les traits du Péon à la morphologie corrompue du peuple de l'Arbre.

Le village était en liesse. Les agapes consécutives à la naissance de l'Øosinën durèrent toute la nuit. Skåljamund aurait voulu s'éclipser dans la nuit, mais les elfes ne lui en laissèrent pas l'opportunité. Même s'il avait rempli sa part du marché, il était plus surveillé que jamais, et une cohorte de gardes l'entourait en permanence. Le conseil des Sages avait décrété qu'il fallait maintenant statuer sur son sort… Par les dieux ! Dans quel bourbier s'était-il encore fourré ? Il était donc assis sur une paillasse dans l'une des cabanes croulantes, à ressasser toutes ses mauvaises décisions et en observant de loin l'orgie elfique quand l'emplumé entra.

D'un geste, il fit signe aux gardes de sortir et ceux-ci s'exécutèrent prestement. Le vieux sage s'assit aux côtés du Péon, s'appuyant sur son lourd bâton.

— Le peuple Øosinën te remercie, Homme de Kôr. Tu as rendu un grand service et grâce à toi, le sang de nos ancêtres se perpétue. Néanmoins…

— Néanmoins quoi ? Vous allez encore me dire que je ne peux pas partir ? Que je suis prisonnier pour le restant de mes jours et que je ne suis pour vous qu'un sac-à-foutre uniquement bon à féconder votre Arbre-cul ?

— Modère tes paroles, l'Humain ! Non, nous ne te garderons pas captif.

— Quoi alors ? Allons, crache le morceau, l'emplumé !

— Eh bien, sache que les lois sont les lois. Même si ton sang et ta semence ont été mélangés à la sève sacrée, nous ne pouvons pas y déroger. Tu es en territoire elfique et quiconque y pénètre qui n'est pas elfe doit périr. Le conseil des Sages a tranché. Tu seras donc sacrifié demain, à l'aube, et serviras de repas rituel à ton nouveau-né. Telle est la loi des elfes, telle est la loi des dieux de nos pères.

Ainsi s'achève le quatrième chapitre des aventures de Skåljamund le Péon. Arrivera-t-il à s'échapper de cette nasse ? Sa vie s'achèvera-t-elle dans l'écuelle crasseuse d'un elfe ? Vous le saurez dans le prochain épisode !

ÉPISODE V

ÉCAILLES, ÉCUEILS ET

PATERNITÉ

Foutre de troll ! Cette fois-ci, c'en était bien fini du Péon ! Des mains griffues l'avaient tiré d'un sommeil agité et empoigné sans ménagement pour le conduire hors de la cahute où il était retenu captif. Une foule d'elfes attendait patiemment qu'il paraisse et son arrivée déclencha un tonnerre de cris de joie. La lumière vive des torches agressait encore ses pupilles lorsqu'on le jeta sur une table de pierre au centre du village et qu'on l'y ligota. Il tenta bien de résister, mais rien n'y fit, les elfes, bien que malingres et frêles, avaient l'avantage du nombre. Il allait y passer, c'était la fin pour lui. Comment en était-il arrivé là ? Il ferma les yeux et les dernières semaines défilèrent dans son esprit. Il se revit, escaladant la tour d'Héralion pour s'introduire dans les appartements d'Eosur la Belle. Il se remémora sa douce Haerith et les moments passés avec elle sur les rives de la rivière Avaine, puis la sensation de vide ressentie à sa disparition. Son cœur lourd se mit à battre la chamade alors que son sang se glaçait dans ses veines. Les Écailleux et leur malédiction, puis les elfes et leur vice. Un sentiment d'échec total l'habitait. Il allait mourir, sans jamais avoir été maître de son destin. Les dieux, maudits soient-ils, s'étaient encore joué de lui. Il rouvrit les yeux. Un visage émacié et affamé était penché sur lui, vaguement familier. Son fils. La créature qu'il avait engendrée dans cette mascarade de fécondation. Et qui pourtant lui faisait face. L'éclat brillant d'une lame attira son regard. L'enfant-elfe, déjà grand, déjà capable de tenir un couteau dans ses doigts fins, s'apprêtait à l'ouvrir en deux, comme on dépèce un lapin. Skåljamund, résigné, déglutit péniblement. Haerith, s'il y a un quelconque Autre-Monde, et si tu t'y trouves, je te rejoins dans quelques instants, songea-t-il.

L'elfe-médecine en sueur, paniqué, surgit dans le cercle formé par les Øosinën autour de la table de pierre et lança vigoureusement son bâton couvert de runes et de plumes, déviant in extremis la main du nouveau-né qui s'apprêtait à planter le couteau d'obsidienne utilisé pour le rituel dans le ventre musclé de Skåljamund.

— Stop ! Arrêtez ! Nous allons commettre un sacrilège ! Les dieux me sont apparus cette nuit, et l'Arbre-matrice m'a parlé ! Il m'a ordonné de ne pas manger l'Homme de Kôr ! L'infant poussa un cri de frustration et leva des yeux colériques vers le chaman, retroussant les lèvres en une moue menaçante. Un elfe-servant posa sa main sur son épaule :

— Paix, l'infant ! Quand l'elfe-médecine parle, on l'écoute et on obéit !

Puis, se tournant vers le vieillard emplumé :

— Ô, elfe-médecine, ne crois-tu pas plutôt que ce sont les Esprits-d'entre-les-racines qui ont versé du miel dans tes oreilles ? Ne crois-tu pas que ces démons ont essayé de te piéger afin qu'en ne sacrifiant pas le Péon, la malédiction revienne sur l'Arbre-matrice ?

— Non, c'était bien l'Arbre qui parlait ! J'entendais le bruit des vents dans sa ramure, le son des feuilles ! Et moi, je buvais les mots qu'il formait, je flottais dans les torrents impétueux de sa sève, au cœur même de son bois ! Puis je l'ai vu, j'ai vu le visage de l'Arbre, caché au plus profond de ses anneaux !

Un frisson parcourut l'assemblée. Nul, en des éons, n'avait eu le privilège de contempler le visage du grand dieu des elfes. Seules les légendes ancestrales rapportaient un tel miracle. L'elfe-médecine reprit :

— En vérité, je vous le dis, je m'éveillais couvert de sueur et la voix résonnait encore en moi : il ne faut pas ingérer l'Humain des Plaines de Kôr. L'Arbre-matrice me l'a révélé, c'est par lui que viendra la libération de notre peuple. Il a déjà redonné vie à notre père et notre mère l'Arbre-matrice. La vie coule de nouveau dans la sève sacrée, et l'enfant qui a été engendré par cette union a devant lui une grande destinée. L'Arbre me l'a dit, sans mystère aucun : Skåljamund le Péon est celui qui enseignera au plus grand des héros du peuple Øosinën.

Par les dieux, c'était bien sa veine ! Certes, il avait échappé à la mort dans le ventre de son fils, mais maintenant, il devait se coltiner deux elfes à sa suite ! Deux elfes ! Son improbable fils, un rejeton qui lui ressemblait chaque jour un peu plus et qui grandissait à une vitesse folle, le bougre ! Et son garde du corps, un gaillard aussi musclé que torve, la trogne taciturne et vicieuse. Quelle guigne ! Mais au moins, il était en vie, prêt à se battre encore un autre jour. Après l'intervention de l'elfe-médecine, le conseil des Sages avait délibéré une fois de plus et il avait été décidé que, pour contourner la loi des elfes, il fallait que le Péon leur fasse une offrande au moins équivalente à celle de sa vie. Et comme sa vie semblait avoir soudainement augmenté de valeur, ils en avaient déduit qu'à défaut de contenter un estomac, il lui faudrait en remplir mille ! Ils avaient alors sommé Skåljamund de sustenter le peuple Øosinën, et quoi de mieux pour cela que de leur offrir en festin leurs ennemis ancestraux, les Écailleux ? Pour sûr, les dieux seraient contentés et l'entorse à la loi, compensée ! C'est ainsi qu'ils chevauchaient de concert sur le dos d'un Fort-Croc fort mécontent d'un tel fardeau, qu'il avait fallu amadouer au moyen d'un reste d'Écailleux sentant la viande putréfiée à plein nez. Et comble de malchance, l'elfe-médecine avait décrété que, ne pouvant abandonner son peuple mais devant néanmoins surveiller les faits et gestes du Péon, la tête même de cet Homme-poisson faisandé serait ses yeux et ses oreilles. Par une quelconque magie, il avait donc ensorcelé la vilaine trogne pour qu'elle lui rapporte tout par un lien télépathique et il l'avait d'office attachée à la ceinture de Skål. Et quelle bavarde cette tête faisait ! Elle commentait la moindre action, donnait son avis et ses réflexions sur tout et elle se targuait même de philosopher ! Une vraie plaie pour qui aimait le silence et la solitude ! L'Homme de Kôr galopait donc, dans ces moroses conditions, vers la côte et ses villages de pêcheurs. Il était bien content malgré tout de laisser derrière lui cette oppressante forêt et ses occupants dégénérés.

Encore une fois, les villages côtiers avaient été ravagés par les Hommes-poissons. Les entrailles du Péon se serraient à l'idée de tous ces morts, de ces femmes enlevées, de ces vieillards dépecés par ces monstres à écailles. Partout, la désolation était la même. Les maisons n'étaient plus que des coquilles brisées et vides, les rues pavées et les chemins dégorgeaient du sang des habitants. Seules les mouches y trouvaient leur compte, festoyant à s'en faire exploser la panse comme le ferait une meute de loups en goguette. Mais le pire, dans toute cette histoire, restait le message que les Hommes-poissons laissaient à son attention dans chaque ruine. Par les dieux ! Ils en avaient fait une histoire personnelle en enlevant Haerith, mais là, ça dépassait les bornes ! Skåljamund sentait un peu plus le poids de la culpabilité lui écraser les épaules à chaque nouvelle image d'horreur. Il était grand temps d'en finir avec cette engeance maléfique. S'en remettant au flair de Fort-Croc, le Péon et ses compagnons remontèrent la piste, qui, à vrai dire, n'était guère difficile à suivre tant elle était jalonnée d'entrailles et de viscères. Après deux jours de cette chasse le long de la côte et des falaises abruptes, ils aperçurent enfin le campement tant recherché au loin. Les Écailleux. Installés là, tels une horde de prédateurs, des écorcheurs sans foi ni loi. Une bouffée de rage embrasa le Péon, qui se contint néanmoins de les charger après avoir rapidement jaugé les forces en présence. C'est qu'ils étaient nombreux, ces bougres d'Hommes-poiscailles ! D'un regard, il intima aux elfes de ne pas faire de bruit et leur murmura :

— Il va nous falloir trouver comment nous approcher. Une idée ?

Son fils jeta vers lui un regard pénétrant, symbole d'une intense réflexion. S'il a hérité des neurones de son père, on est mal barré, se dit soudain Skål. Il le laissa néanmoins parler :

— Père ! Nous, attaquer, nous manger Hommes-poissons !

Eh bien, voilà qui répondait à sa question silencieuse ! Il avait affaire à un abruti de plus ! Il avait beau être son fils, il semblait quand même aussi taré que ses ancêtres elfes… Bizarrement, le Péon ne pouvait s'empêcher de ressentir une certaine forme d'affection pour ce nouveau-né longiligne qui faisait déjà presque sa taille. Il lui tapota doucement la joue.

— Pas encore, mon fils, pas encore ! Un peu de patience ! Et toi, l'elfe, qu'en penses-tu, ajouta-t-il en se tournant vers le garde du corps qui avait jusqu'à présent conservé sa moue boudeuse.

— Euh… Pas mieux ?

— Vous le faites exprès ? Vous êtes tous idiots, chez les elfes ?

— Prends garde, l'humain ! L'elfe-médecine m'a autorisé à te mettre une raclée si tu ne te tiens pas à carreaux !

— Parce que tu crois que je ne peux pas écraser ta face de gringalet d'un seul coup ? Non, mais regarde-toi, l'ahuri !

Ce n'est pas parce que tu as trois muscles qui ont poussé sur un squelette de ver de terre qu'il faut te croire tout permis, entends-moi bien !

— Ah tu le prends comme ça ? Je vais t'apprendre moi !

Les mots montaient, encore et encore, et, dans le silence relatif des falaises amplifié par la roche, une nuée de choucas s'égailla en piaillant, apeurée. Les poings allaient tâter nez et mâchoires lorsqu'un grognement sourd s'éleva, stoppant net les velléités belliqueuses des deux querelleurs. Fort-Croc s'était redressé, le poil hérissé, et faisait face au chemin de terre qui serpentait au-dessus du vide. Ils suivirent son regard et ce qu'ils virent fit échapper un juron des lèvres serrées du Péon : une colonie d'Écailleux venait à leur rencontre. Leur dispute avait réussi à ameuter tous les environs ! Maudits soient les dieux et surtout le caractère de cochon dont ils les avaient dotés ! Les Hommes-poissons seraient bientôt sur eux et s'ils se faisaient attraper, leur compte serait bon ! Skåljamund et ses compagnons se redressèrent vivement. L'heure n'était plus à la discrétion. Il leur fallait déguerpir au plus vite. L'Homme de Kôr émit un sifflement aigu et Fort-Croc s'empressa d'accourir, fléchissant les jarrets pour qu'ils puissent s'installer sur son dos. Déjà ils devaient esquiver les javelots de pierre que leur lançaient les Écailleux et qui tombaient comme une pluie drue. Une lame entailla l'épaule du garde Øosinën, une autre le cuir chevelu du Péon. Jurant tout haut, ils se précipitèrent, éperonnant les flancs de Fort-Croc alors que les Hommes-poissons commençaient à les entourer. D'un bond prodigieux, l'animal s'élança dans les airs, où il sembla rester suspendu pour un temps qui sembla interminable, avant de redescendre et d'atterrir souplement dans l'herbe tendre, loin derrière leurs flasques ennemis. Des « Hissstiak ! Hissstiak ! » indignés et frustrés s'élevèrent tandis que l'étau se refermait sur du vide. Par les dieux, ils l'avaient échappé belle ! Mais hors de question maintenant de traîner dans les parages, les falaises allaient bientôt grouiller de patrouilles !

Leur salut passait par la fuite, aussi avaient-ils fui. Mais cela ne leur apportait toujours pas de solution, c'est pourquoi, après avoir enfin semé les Hommes-poissons et zigzagué dans les fougères et les ajoncs, ils s'étaient arrêtés à l'abri des regards sous des trembles centenaires. Assis sur des rochers, ils surveillaient le feu de camp sur lequel grillaient quelques carrés de viande rance. Un risque aux yeux du Péon car la lueur des flammes pouvait les trahir à chaque instant, mais il fallait bien manger et force était de reconnaître qu'ils mouraient de faim.

— Père, quoi nous faire maintenant ?

La question de l'enfant-elfe prit Skåljamund au dépourvu, de même que le regard que portait sur lui le nouveau-né. Il n'avait jamais envisagé d'être père. Sa vie se résumait, jusqu'à il y a peu de temps, aux bravades lancées dans les bars les soirs d'ivresse, aux travaux de manutention sur les docks pour gagner de quoi boire, aux étreintes brèves et sans lendemain, bref, à tout sauf à la paternité. Et voilà que maintenant il avait un fils né d'un arbre et qui, en quelques jours, parlait déjà comme un adulte et roulait des muscles aussi saillants que les siens. Foi du Péon, comment devait-il réagir ? Décidément, sa vie était vraiment partie à vau-l'eau ! Il se devait néanmoins de montrer l'exemple et, s'il n'avait pas voulu de ce fils, au moins se devait-il de l'éduquer correctement et de faire en sorte qu'il ne finisse pas aussi dégénéré que ses congénères elfes ! Il fallait quand même le protéger, ce p'tit bout plus si petit ! Il réfléchit un instant avant de répondre.

— Je ne sais pas, fils. Les Hommes-poissons sont trop nombreux, nous ne pouvons pas y aller, ce serait du suicide. En plus, tu es trop jeune, tu ne sais pas te battre ! Enfin, rassure-moi, c'est bien ça ? Vu ce que tu fais déjà naturellement, j'en suis à me poser de sacrées questions sur toi, tu sais !

— Tu pas savoir ?

Les yeux du gamin se remplirent de déception et le cœur de Skål se serra. Il n'avait pas le droit de le décevoir !

— Ouais, mais t'en fais pas, on va trouver ! Donc, si on résume, on ne peut pas aller leur taper dessus et en plus, ils savent qu'on est dans le coin, donc ça va vite devenir intenable pour nous ici. Que faire dans ces cas-là ?

— Euh…

— Et toi, Tête, tu as une idée ?

La tête d'Écailleux ensorcelée roula de gros yeux dans sa direction avant de répondre, de sa voie sifflante :

— Qu'est-cccce que j'en sssssais moi ? Tu fais cccce que tu veux, tu te démerdes !

— Je m'en doutais, merci pour ton aide, je suis vraiment entouré de bras cassés, c'est pas possible !

— Ssssale humain ! Ccccc'est de ta faute sssssi je ssssuis comme çççççça ! Alors je t'emmerde !

— Je vois ça. Par contre, pour faire chier le monde, là tu es disponible, pareil pour faire tes rapports à l'emplumé d'elfe-médecine ! Bon, c'est pas grave, je vais encore me débrouiller tout seul ! Toi le garde, je te demande pas ton avis, hein, comme d'habitude ?

— Nan. Moi, j'suis pas là pour réfléchir, j'suis là pour te

taper dessus et te bouffer si tu files pas droit. Le reste, c'est ton boulot.

— D'accord. Eh bien, c'est super, vive l'ambiance, ça promet. Fiston, je crois que j'ai une idée. Quand tu n'as pas les bras, utilise ta tête. Qui est-ce qui peut nous aider à ton avis ?

— Je pas savoir, Père.

— Qui règle les conflits dans le coin ?

— Euh…

— Le Conseil des Nations de Kôr ! D'habitude, je ne suis pas pour la politique, car ce sont tous des planqués, mais là, je crois bien qu'on n'a pas le choix ! Faut juste qu'on aille à Pont-Airain et qu'on obtienne une audience, je suis sûr qu'ils nous aideront. En plus, tu vas découvrir ce que c'est qu'une ville, fils !

Après une folle chevauchée de plusieurs jours, l'étrange équipage était arrivé en vue des hautes murailles de la cité de Pont-Airain. Imposante. Fière. Aérienne. Tels étaient les adjectifs qui s'imposèrent aux voyageurs devant la capitale officieuse du monde connu. Skåljamund, malgré son expérience, en avait le souffle coupé. Son fils, qu'il avait fini par baptiser Øolfur, écarquillait les yeux et la bouche. Quant à leur taciturne garde (le Péon lui avait soutiré, après moult efforts, son nom : Ilhaïnen), il resta de marbre, mais la sueur qui s'était mise à couler le long de sa nuque trahissait la peur qui l'avait saisi et ne l'avait plus quitté depuis, devant les épais remparts de la ville, ses tours élancées et ses passerelles de pierre ciselées. C'est ainsi qu'ils avaient pénétré la cité, sous les regards ébahis des badauds : que faisaient donc ici de tels gueux ? Comment pouvait-on laisser entrer ces barbares dans l'antre du raffinement et de la culture, dans le joyau des mondes connus ? Écrasés par la magnificence des lieux et par un sentiment de honte, nos amis continuèrent néanmoins leur chemin, quémandant de l'aide pour s'orienter à des passants aussi hilares que condescendants. La cuisante épreuve perdura quelque peu, mais ils arrivèrent tant bien que mal à destination : le grand palais où siégeait le Conseil des Nations de Kôr. Un colossal bâtiment de marbre, entouré de colonnades, surmonté d'une coupole de cristal et décoré d'une armée de statues si nombreuses que l'on se serait cru plongé au cœur des Champs des Délices divins, là où séjournent les bienheureux. Ils démontèrent et confièrent un Fort-Croc nerveux à un palefrenier qui ne l'était pas moins et qui redoutait à chaque seconde qu'une dent aiguisée ne lui sectionne la main tenant les rênes. Ils durent passer plusieurs guichets et décliner leur identité à maintes reprises, soulevant à chaque fois le même étonnement, le même mépris de la part des fonctionnaires. Décidément, ces va-nu-pieds s'autorisaient toutes les excentricités depuis que la démocratie avait été déclarée dans Kôr ! On leur indiqua finalement un vaste vestibule dans lequel patientait déjà une foule bigarrée. Les heures passèrent et ils virent, par les hautes fenêtres, le char solaire traverser le ciel. Ils commençaient à douter qu'on les laisse jamais entrer et Ilhaïnen le garde ne tenait plus en place. Plusieurs fois, il avait failli se jeter sur la personne la plus proche, autant pour calmer sa nervosité que pour rassasier un estomac qui commençait à crier famine. La tension était à son paroxysme dans la salle quand les portes du Conseil des Nations de Kôr s'ouvrirent enfin. Skåljamund et ses deux compagnons furent invités à entrer, leur aspect plus que négligé provoquant des froncements de sourcils dans l'assemblée des dirigeants de ce monde. Le président de la séance se leva, un petit homme boudiné à la chevelure poudrée et aux joues fardées. S'éclaircissant la voix, il s'exprima ainsi :

— Messieurs, soyez les bienvenus au Conseil des Nations de Kôr ! Vous voici dans les plus hauts lieux de la démocratie, là où s'exprime la voix des peuples ! N'abusez pas de notre temps, qui est précieux, car nous sommes les garants de la paix sur le continent ! Alors, présentez-nous donc cette requête qui serait d'une telle importance que vous avez fait le voyage jusqu'ici.

Skåljamund s'inclina roidement devant eux et se redressa, bombant les muscles, tentant d'impressionner l'assemblée :

— Messieurs les Conseillers, je… Euh… Nous…

— Eh bien ! Nous attendons ! Parlez-donc !

— Oui, euh… Hum ! Messieurs les Conseillers ! Nous venons vers vous demander réparation !

— Réparation vous dites ? Et pour quoi ? Quel tort vous aurait-on fait qui demanderait réparation ?

— Nous voulons que vous nous aidiez, que vous preniez des mesures contre les Écailleux. Ils pillent, violent, tuent, sans que personne ne lève le petit doigt ! Moi, Skåljamund le Péon, au nom des Hommes de Kôr, je demande qu'on en finisse une bonne fois pour toute !

— Au nom des Hommes de Kôr, dites-vous ? Quels Hommes ? Nous ne voyons à vos côtés que des elfes, au regard torve et à la mine hâve qui plus est ! Les Écailleux sont pour nous aussi problématiques que les elfes Øosinën, voyez-vous. Les Hommes-poissons tuent et razzient, nous le savons ! Mais que font les elfes, dans leur forêt ? Ils assaillent les honnêtes voyageurs et les mangent vifs ! En quoi devrions-nous aider les uns contre les autres, quand les deux peuples sont des criminels notoires ?

— Certes, j'entends la pertinence de votre raisonnement, mais je ne viens pas en leur nom. Ils m'accompagnent simplement dans ma quête car il se trouve que nos intérêts sont communs dans cette affaire. Je désire juste venger ma bien-aimée Haerith, que les Écailleux ont sacrifiée à leur Grand Dieu Gollarsss, venger mes amis des villages de la Côte de Kôr qui sont morts de leurs mains !

— Nous comprenons bien, soyez-en assuré, maître Skåljamund ! Néanmoins, nous ne pouvons cautionner votre action : tuer les Hommes-poissons, ce serait commettre un génocide ! Nous ne pouvons accepter ça ! Ce serait contraire à toutes les règles du Conseil des Nations de Kôr. Il faut les empêcher de nuire, certes, mais sans les assassiner ! La diplomatie, voilà ce que nous pouvons vous proposer !

— Mais je… La diplomatie ! Mais ils ne savent même pas ce que ce mot veut dire ! Je…

— Allons, allons, vous vous emportez ! Vous dramatisez ! Je vous le répète : nous n'autoriserons pas les troupes du Conseil à prendre les armes contre ce peuple. Je ne peux donc que vous aviser de remplir le formulaire B-750-829-426-AWZ, en cinq exemplaires bien sûr, auprès de nos fonctionnaires-copistes. Votre requête sera alors examinée en détail et peut-être dépêcherons-nous des émissaires auprès des Hommes-poissons pour leur demander de cesser leurs exactions !

— Mais… mais vous êtes fous ! Et inconscients ! Il faut

les empêcher de nuire !

— Modérez vos paroles, monsieur le Péon ! Vous n'êtes pas dans une vulgaire taverne, ici ! N'oubliez pas que vous vous adressez aux représentants des peuples de Kôr. Si nous vous disons que vous n'aurez pas nos armées dans votre petite vengeance, c'est que vous ne les aurez pas ! Maintenant, disparaissez avant que nous n'appelions la sécurité pour outrage !

Skåljamund serra les poings, fulminant de rage. Son sang chaud ne demandait qu'à exprimer la rage qu'il contenait à grand peine. La visite n'avait servi à rien et ils n'étaient pas plus avancés. Ils quittèrent le bâtiment à grandes enjambées et une fois dehors, dans cette rue si propre et rectiligne, le Péon passa ses nerfs sur une charrette remplie de sacs de blé stationnée non loin, hurlant de dépit à mesure qu'il labourait de ses poings les sacs de toile, au grand dam du manœuvre qui les déchargeait. Tête, la tête coupée, laissa échapper un rire sarcastique :

— Alors, Péon, tout ne sssse passsse pas comme tu le ssssouhaites ? Cccc'est ballot !

— Ah, toi, ne commence pas ! s'emporta Skål, projetant la tête de toutes ses forces sur le mur le plus proche.

— Aïe ! Aïe ! Au ssssecours ! Au ssssecours !

Une voix désincarnée s'éleva alors :

— Péon ! Cesse donc tout de suite et rappelle-toi notre pacte !

Abasourdi, Skåljamund suspendit son geste. La voix de l'elfe-médecine reprit :

— Cette tête sera mes yeux et ma bouche. Par elle je communiquerai avec toi comme les dieux des elfes communiquent à travers moi. Si tu détruis ce lien, la malédiction des Øosinën s'abattra sur toi et crois-moi, elle est plus puissante que celle des Écailleux ! Et n'oublie pas non plus qu'Ilhaïnen a ordre de veiller à ce que tu files droit…

Un coup d'œil en arrière apprit au Péon que l'elfe-médecine disait vrai. Ilhaïnen, l'elfe musculeux qui l'accompagnait comme une ombre levait déjà les poings, prêt à cogner. Skåljamund laissa échapper un soupir de frustration.

— Foi de Péon, l'elfe-médecine, j'en ai ma claque de vos conneries ! Et puis comment je fais, moi, pour sauver le monde, hein ? Ces incapables du Conseil des Nations ne veulent rien entendre, ils ne bougeront pas le petit doigt !

— Dis-donc, ce n'est pas toi qui es censé être le génie de l'histoire ? Toi qui as le cerveau et nous les dégénérés ? Eh bien je m'en cogne de comment tu t'y prends, mais tu te bouges et tu nous ramènes de l'Écailleux ! Sinon, c'est toi qui finiras en pâté dans nos assiettes.

— Mais…

— Tututut ! Je ne veux plus rien entendre ! Fin de la communication !

Par tous les dieux, c'était le monde à l'envers ! Voilà que le Péon s'en laissait conter par des bouffeurs de salades qui avaient pété un plomb et s'étaient transformés en viandards cannibales… Ah, qu'il était loin ce temps insouciant où il coulait des jours heureux dans la ville d'Hespalion, avant toute cette histoire avec Eosur et ses eunuques ! Il lui fallait urgemment réfléchir et pour ça, rien ne valait une bonne bière bien fraîche. Toujours rouge de rage, il fit signe aux autres de le suivre et poussa la porte de la taverne la plus proche.

Ainsi se termine ce cinquième épisode des aventures de notre ami Skåljamund. Trouvera-t-il comment lutter contre les Écailleux ? Saura-t-il échapper à l'appétit des elfes et surtout, pourra-t-il montrer une voie plus civilisée à son fils nouveau-né ? Toutes ces questions trouveront peut-être leur réponse dans le prochain épisode !

ÉPISODE VI

AUBE ROUGE

Maudits soient les dieux ! Les politiques étaient décidément tous les mêmes ! Toujours partant pour se farcir de poularde rôtie et se noyer dans les grands crus de Kôr, mais aider le petit peuple à survivre, ça, jamais, les dieux les en gardent bien ! Skåljamund ruminait sa rage en poussant la porte de la taverne de Pont-Airain. À l'intérieur régnait une agitation joyeuse, faite de conversations futiles, de rires avinés et de rôts contentés. Le Péon entra sans hésiter, suivi de ses compagnons.

— Holà, tavernier ! Trois pintes de cervoise, et un baquet d'eau fraîche pour cette chose, s'exclama Skåljamund en jetant Tête sur la table libre la plus proche.

— Aïe ! Mais çççççça fait mal, espècccccce d'imbéccccccile ! se récria celle-ci.

— Tout de suite, m'sieur ! Trois pintes, et une eau claire ! J'vous sers aussi de quoi vous remplir la panse ?

— Vous avez quoi ?

— Du jarret.

— Va pour trois jarrets alors.

— Et moi ? Et moi ? siffla Tête. J'ai pas l'droit d'grailler ?

— Toi, tu la fermes.

— Ah bah merccccci, çççça fait plaisir ! On masssssssssacre, et après on affame ! Enfoiré d'Humain !

— Ce sera tout, tavernier. Merci.

Alors que le tavernier replet s'affairait derrière son comptoir, tous les regards de la taverne s'étaient braqués sur eux, observant l'étrange scène qui se jouait : ce n'était pas tous les jours qu'on voyait un Homme de Kôr arriver accompagné de deux elfes et d'une tête parlante ! Le silence se fit soudain, lourd de tension, lorsqu'un homme se leva au fond de la salle, passablement éméché.

— Cassez-vous ! Ici, c'est la terre des Hommes. On sert pas ces saloperies d'hybrides chez nous. Alors dehors les semi-hommes !

Skåljamund le toisa de haut en bas. Grand, musclé, mais aussi empâté, fort en gueule. Rien de très engageant, mais le Péon en avait vu d'autres, et ce n'était pas un poivrot qui allait le faire quitter une taverne sans avoir goûté sa bière.

— Je suis un Homme de Kôr, comme toi, et ces semi-hommes, comme tu dis, m'accompagnent. Ça te pose un problème ?

— Ouais. On veut pas d'eux ici.

— On ? Ou tu ? J'crois bien que t'es tout seul sur ce coup. Regarde autour de toi : personne ne te soutient !

— Et alors ? J't'emmerde !

— Surveille ton langage, mon fils est encore jeune.

— Ton fils ? Parce que tu t'es reproduis avec une de ces créatures en plus ? Mais t'es vraiment un dévoyé d'première !

— Tu veux manger avec une paille pour le reste de tes jours ? Si c'est pas l'cas, j'te conseille de faire gaffe.

— Ou quoi ?

— Ou alors j'te fais bouffer tes dents, et c'est bien la dernière chose que tu pourras sentir passer.

Blême de rage, l'ivrogne s'avança en titubant, son pichet de bière à la main. Il se jeta sur le Péon, déclenchant le signal de la bagarre tant attendue par les spectateurs improvisés.

Gnons et horions plurent dru. Brièvement. L'aubergiste mit rapidement fin à l'altercation en assommant l'ivrogne d'un magistral coup de poêle.

— Pas de ça chez moi. Si vous voulez vous battre, c'est dehors. C'est un établissement respectable ici, et tout le monde y est le bienvenu, même les elfes, tant que mes règles sont acceptées. Alors maintenant, si vous n'êtes pas d'accord, vous videz vos chopes et vous déguerpissez. C'est clair ?

Un murmure approbateur tout autant que gêné lui servit de réponse, et le calme revint peu à peu. Le Péon et ses amis s'attablèrent et burent en silence malgré la rage qui les étreignait toujours. Pendant quelque temps, seules les mouches se firent entendre, puis tout revint peu à peu à la normale, les conversations et les rires se superposant les uns aux autres gaiement. Dans un coin sombre de la pièce, un groupe d'hommes aux mines peu engageantes et aux épaules recouvertes de pelisses de loup avait suivi la scène avec attention, semblant en jauger les acteurs d'un œil averti. Au bout d'un bref conciliabule, l'un d'eux se leva et se dirigea vers Skåljamund.

— Toi, l'étranger ! Je t'ai vu arriver en ville ce matin sur ta monture. Belle bête que tu possèdes-là. D'un genre peu commun. Puis je t'ai vu sortir du Palais des Conseils, les poings blancs de colère, et maintenant, tu passes tes nerfs sur un poivrot notoire. Tu aimes te battre, n'est-ce pas ?

— Et en quoi ça te concerne ? T'as entendu le patron ? Pas d'esclandre chez lui. Alors me cherches pas, et tout se passera bien.

— Paix, l'étranger ! Je n'ai pas maille à partir avec toi. Je suis Okün, le chef de la compagnie des Cors Noirs. Des mercenaires, ajouta-t-il devant l'incompréhension flagrante du Péon. Et on a toujours besoin de bras. Si t'aimes la castagne, ça nous va, c'est ce qu'on cherche. On se bat pour l'argent, le reste, on n'en a cure. On se bat, certes, mais on choisit pour qui, et quand. Est-ce que tu veux en être ?

— Non. Je suis mon propre maître. Je ne veux plus recevoir d'ordre. Désolé pour vous, mais je ne suis pas intéressé.

— Tant pis, tu aurais fait une belle recrue. Je te souhaite bon vent, et une bonne continuation, l'étranger.

— Par contre, même si je ne veux pas rejoindre vos rangs, je peux vous proposer un marché.

— Lequel ? Je t'écoute.

— Les Écailleux. Je veux les voir six pieds sous terre, mais je n'ai que deux bras, et mes compagnons également.

— Tu veux nous engager, c'est ça ?

— Ouais. Il y a un peu de ça.

— Nous sommes chers.

— J'ai pas d'argent.

— Alors tant pis pour toi.

— Par contre…

— Quoi ?

— Les Écailleux sont riches.

— Riches comment ?

— Ils ont pillé toute la Côte de Kôr. Je te laisse imaginer. Si tu m'aides à leur faire rendre gorge, tout ce qu'ils ont est à toi.

— Tout ? Tu ne demandes même pas une part ?

— Oui, tout.

— Décidément, tu es bien stupide. Mais tu me plais, alors tope-là. C'est d'accord. Les Cors Noirs t'accompagneront, et demain, le sang de ces hybrides ne sera plus qu'un mauvais souvenir pour le monde des Hommes.

Fort-Croc bondissait joyeusement au milieu des chevaux des Cors Noirs. L'étrange bête sentait l'excitation monter chez les cavaliers, lui prédisant un peu d'action. Les grandes villes n'étaient pas pour lui, et Skåljamund avait eu du mal à l'empêcher de dévorer les passants par trop imprudents. Le grand air les revigorait, et ils chevauchaient de concert vers la côte, vers l'endroit où les Hommes-poissons avaient été vus pour la dernière fois. L'heure de la vengeance approchait pour le Péon. Pour les elfes, c'était la perspective de se remplir la panse qui les emplissait d'aise. Les Cors Noirs, eux, voyaient dans cette histoire le butin qu'ils allaient pouvoir amasser, sans avoir à le partager ! Par tous les dieux, l'avenir s'annonçait radieux pour tous ! En attendant, les chemins défilaient bordés d'arbres, les villages et hameaux s'effaçaient dans le lointain, vite dépassés par la horde au galop. Puis les bois se firent plus rares, les champs plus espacés et, avec le temps, apparurent les marques des premières déprédations écailleuses. Des ruines fumantes. Des récoltes ravagées. Des arbres dont les fruits trop mûrs se mélangeaient aux cadavres putréfiés couverts de corbeaux. L'air lui-même semblait vicié de tant de noirceur ambiante. Peu à peu, les cavaliers ralentirent l'allure. Les falaises et la côte étaient toute proches à présent. Et parmi les roches battues par la mer d'Ontoise rôdaient les Hommes-poissons, sur qui la mort se jetterait bientôt. Mais en attendant, il fallait faire preuve de prudence pour les approcher, établir un plan d'action, et fondre sur eux comme la lame du bourreau sur la nuque d'un condamné : implacablement.

Le campement s'étendait devant eux, une marée de tentes sur la grève, les piquets profondément fichés dans le sable détrempé. L'air empestait le varech et l'Écailleux. Ceux-ci, justement, vaquaient à leurs occupations, qui jouant aux dés, qui s'entraînant maladroitement à la quintaine, d'autres encore préparant un brouet à l'odeur infâme. Skåljamund et le chef des Cors Noirs se regardèrent d'un air entendu.

— Ils sont combien, à votre avis ?

— Je dirais dans les deux cent, trois cent. Bien trop nombreux pour une attaque frontale.

— Je suis d'accord. Que proposez-vous du coup ? Vous avez déjà connu ce genre de situation avec vos gars ?

— Oui. Avec mes Cors Noirs, nous avons été de toutes les batailles de ces cinq dernières années, de toutes les escarmouches, de toutes les embuscades. Je ne vais pas vous mentir, le nombre ne plaide pas en notre faveur. Nous sommes vingt Cors Noirs, et vous êtes deux et demi.

— Deux et demi ?

— Oui. Vous, qui me paraissez être un gaillard sachant se battre correctement même si vous avez les manières d'un paysan mal dégrossi…

— Merci, ça fait plaisir !

— Il faut bien le dire. Vous n'avez rien d'un soldat.

— J'ai quand même tué Görm Brise-Échine à mains nues !

— Ah, c'était vous ? Je ne savais pas. Cet exploit à fait grand bruit dans les Plaines de Kôr. Je révise mon jugement alors. Mais cela ne change pas la donne. Il y a vous, donc, et le grand échalas d'elfe taciturne. Musclé, certes, mais dégénéré quand même. Un elfe, ça ne vaut pas tripette si je puis dire. Et il y a le jeunot, votre fils. Il a votre carrure, mais je doute qu'il puisse déjà survivre à un combat. Il n'a jamais été entraîné, je me trompe ?

— Non, jamais. Mais il apprend vite, et développe des capacités innées. Il savait parler dès la naissance ! Je le dis, mon fils est un surdoué !

— Mouais, j'en doute. Ça reste un elfe si vous voulez mon avis. Mais passons, on lui donnera une épée et une lance, et on verra bien. Mais ne comptez pas sur moi pour le protéger, je n'aurai pas que ça à faire. Nous sommes donc vingt Cors Noirs, plus vous trois, ce qui fait donc vingt-trois, contre deux à trois cent. Un combat frontal serait un massacre.

— Vous pouvez compter Fort-Croc aussi. Il vaut bien cinq hommes à lui seul.

— Les chiffres n'en restent pas moins à notre grand

désavantage.

— Certes… Que faire alors ? Maintenant que nous sommes ici, il nous faut agir ! Je veux ma vengeance.

— Attendons la nuit. Nous frapperons quand ils seront endormis. On élimine les sentinelles, puis on se glisse entre les tentes. Discrétion sera le maître mot. Pas de pitié, pas d'honneur. On les égorge dans leur sommeil avant qu'ils aient le temps de réagir.

— Ça marche. Ça ne me paraît pas mal.

— De toute façon, nous n'avons guère d'autre choix…

La nuit était tombée, enfin. D'épais cumulus masquaient les étoiles et l'astre nocturne. Les dieux avaient-ils finalement décidé de se ranger du côté du Péon et de le favoriser dans sa quête de vengeance ? Toujours est-il que l'obscurité la plus complète régnait lorsqu'ils s'approchèrent du campement. Sur un signe à peine perceptible du chef des Cors Noirs, tous s'éparpillèrent, chacun pénétrant dans le champ de tentes depuis une direction différente, refermant le piège comme une nasse se resserre sur un banc de poissons. Skåljamund sauta souplement à bas de Fort-Croc et lui flatta l'encolure.

— Allez, mon fier compagnon. Repais-toi, lui murmura-t-il à l'oreille. Cette nuit, fais ripaille. Mange, lacère, fouaille les entrailles. Emplis-toi la panse. Mais n'oublie pas : le silence doit être le plus total. M'as-tu compris ?

L'Homme de Kôr en doutait, mais il avait foi en la furtivité de l'étrange bête. Un œil brilla dans la nuit, plein d'intelligence. Fort-Croc acquiesçait-il à son discours ? Une dernière fois, Skål lui gratta le mufle, puis le laissa disparaître dans le noir. Une fois seul, il tendit l'oreille. Pas un bruit.

Rien d'autre que le ressac et le vent dans les cordes des tentes. Le Péon fit un pas, prudemment. Puis un autre. Et encore un. Silencieux comme une ombre, il avançait, courbé le plus bas possible, un poignard à la main. Un éclat de lune luisit furtivement sur les pointes de l'armure de Görm. Par les dieux ! Il aurait dû songer à la noircir de suie ! Inquiet, il jeta un coup d'œil autour de lui. Pas un mouvement. Rien qui indiquât que sa présence ait été trahie. Soulagé, il continua, redoublant de prudence. Une sentinelle se dressa devant lui, immobile, aveugle à sa présence. Un faible gargouillis s'éleva lorsque le fil effilé de la lame mordit sa gorge offerte. L'Écailleux expira en quelque instant, et s'affaissa aussitôt, retenu par le Péon. Toujours aux aguets, Skål se mit aussitôt en quête d'une nouvelle proie. Un ronflement sonore derrière une paroi de toile l'attira. L'Homme-poisson dormait du sommeil de celui qui, repus et sûr de ses gardes, ne se doute pas que sa dernière heure rôde dans la nuit. Skåljamund se fit un plaisir de ne pas le réveiller, et plongea sa dague assoiffée dans son cœur mou. Trois, quatre autres suivirent, avec, à chaque fois, ce faible son de succion lorsque la chair tendre accueillait le froid métal en son sein. Il s'apprêtait à répéter une fois encore son geste lorsque Tête se décida à crier de sa voix chuintante, aussi fort que ses cordes vocales sectionnées le lui permettaient, afin de réveiller ses frères Écailleux endormis.

— Aleeeeerte ! Aleeeeerte ! Réveillez-vous !

Skåljamund jura tout bas. Cette maudite tête voulait donc sa mort ! À quoi pensait donc cet abruti d'elfe-médecine en l'affublant d'un tel boulet ? Les cris rauques s'élevaient dans la nuit, et des bruits commençaient à se faire entendre dans le campement. Il fallait faire vite ! Il acheva sa proie et se jeta hors de la tente. Déjà, des faces écailleuses surgissaient derrière les paravents de toile, les traits tirés de sommeil. Les haches et les glaives entèrent alors en action, les mercenaires lançant le signal de l'assaut frontal, oubliant toute notion de discrétion. La rencontre fut brève, et violente. Nous épargnerons au lecteur les détails de ce massacre, par respect pour sa sensibilité. Trop de sang fut déversé lors de cet affrontement, trop de cruauté étalée au grand jour. Les traces seules de ce combat suffiront à en décrire toute l'horreur, tant, lorsque retomba l'ivresse guerrière des derniers combattants, le sable de la plage et les vagues léchant la grève avaient pris la teinte vermeille du sang. Des membres gisaient pêle-mêle, séparés de leur propriétaire, des carcasses éventrées offraient leurs entrailles aux corbeaux par centaines, une odeur de charogne planait dans l'air, si forte que la brume matinale en semblait épaissie. Skåljamund jeta un œil autour de lui, hagard. Les Écailleux avaient péri en masse entre les tentes renversées, et la toile brute des pavillons était gorgée d'écarlate. Plus un seul Homme-poisson n'était debout. Ils avaient été fauchés méthodiquement, avec la froide résolution de celui pour qui tuer est la seule manière de gagner sa vie, implacablement. Les mercenaires prélevaient maintenant leur butin, achevant les blessés agonisants. Un goût bilieux emplit la bouche de Skål. Le carnage n'avait eu aucune limite, et n'avait servi à rien d'autre qu'à étancher son désir de vengeance. Restait toutefois l'amertume. Celle de n'avoir pas éteint en lui son chagrin, celle de n'avoir pas su épargner au moins l'un des Hommes-poissons afin de lui soutirer la localisation de leur île sacrée. Tout ce massacre pour rien. Le Péon était las, fatigué de se battre contre des chimères, éreinté de lutter contre le destin tissé par des dieux retors. Désemparé, il tomba à genoux, enfouissant ses mains dans le sable rouge. Tout était à refaire, et il n'était pas plus avancé qu'avant la bataille. Il en était là, plongé dans ses sombres réflexions lorsqu'un râle le tira de sa torpeur. Relevant la tête, cherchant dans la direction de ce grognement de douleur, il avisa une lance plantée dans le sol avec, empalés sur sa lourde hampe, deux Écailleux crachant des bulles de sang. Un mercenaire s'apprêtait à les passer par le fil de l'épée et à leur soutirer leurs bracelets d'argent. Déjà il levait les bras pour les abattre. Skåljamund se précipita :

— Non ! Non ! Vivants ! Je les veux vivants !

L'autre le regarda, sans comprendre. Le Péon insista :

— Ne les tue pas ! Il me les faut en vie, je dois leur parler !

— Comme tu veux. Mais je prends l'or et l'argent.

— Si tu y tiens ! Tant que tu épargnes leur vie, car ils me sont plus utiles vifs que morts.

Après avoir enchaîné ses prisonniers, Skåljamund se dirigea vers le chef des Cors Noirs, qui observait le butin amassé par ses hommes d'un air satisfait.

— Alors ?

— Pas mal. Ces Écailleux ont dû piller tous les villages de la Côte. Pas mal pour des Hommes-poiscailles tout frêles.

— Pas trop de pertes ?

— Non, ça va. Seulement deux hommes. Mais c'étaient des fruits pourris dont je comptais me débarrasser sous peu, donc au final, les hybrides m'ont épargné cette tâche ingrate.

— Tant mieux, tant mieux. Je peux vous demander un dernier service avant de vous laisser reprendre la route ?

— Oui, bien sûr ! Des clients comme vous, c'est rare, du coup on les soigne, aux petits oignons. Qu'est-ce que vous voulez au juste ?

— Un radeau. J'ai besoin d'un radeau.

— Ah. Pourquoi faire ?

— Aller sur l'île des Écailleux. J'ai encore quelqu'un avec qui m'expliquer, le chaman de ces erreurs de la nature. Il n'était pas parmi les cadavres.

— Je comprends. On vous construira votre radeau alors. Mais je n'aimerais pas être à la place du chaman !

— Ouais. Moi non plus. Pas pour ce que je vais lui faire subir en tout cas. Merci en tout cas. Bon, je vais aller interroger mes prisonniers, ils doivent encore cracher le morceau quant à l'emplacement de leur île…

— Si jamais vous avez besoin d'aide pour ça aussi, n'hésitez pas.

— Non, c'est gentil, mais ça ira. Je sais me montrer persuasif quand je veux.

Les deux Écailleux semblaient vraiment mal en point. La lourde lance les avait transpercés d'un seul coup, les clouant au sol, et il avait fallu faire preuve d'imagination pour les en libérer sans les achever. Un mélange de morgue et de douleur, de peur et de défiance ornait leurs visages grisâtres. Skåljamund leur faisait face, frottant son crâne nu en signe d'intense réflexion. Comment leur soutirer les informations dont il avait besoin ? Eux n'avaient pas hésité à le torturer, mais devait-il s'abaisser au niveau de leurs mœurs ignobles ? Non, leur promettre une mort rapide suffirait sans doute. De toute façon, les Hommes-poissons n'étaient pas réputés pour leur vaillance et leur honneur ; il était sûr qu'ils craqueraient rapidement. Il s'approcha d'eux, un sourire sadique sur les lèvres.

— Alors les filles, comment vous vous sentez ? Vous vous aérez les tripes ? Ça prend l'air là-dedans ?

Un regard vide lui fut retourné. Il était étrange de voir comme ces hybrides pouvaient avoir l'air de clones en toutes circonstances tant ils étaient dénués d'expression.

— Bon, je vais éviter les sujets qui fâchent. De toute façon, votre cerveau n'a pas l'air de suivre. Je vais être bref : je veux savoir où se trouve votre île sacrée, et comment y aller. Et je veux que vous me répondiez.

— Çççççça jamais !

— C'est ce que tu crois. Je sais me montrer persuasif, crois-moi. Et t'as pas envie que je me force.

— Je ne parlerai pas ! T'as qu'à crever ! Le Grand Gollarsss te maudit, chien d'Humain !

— T'as la langue bien pendue pour un type qui a les entrailles qui se font la malle... Tu parleras pas, mais peut-être que ton pote, lui, a un peu plus de jugeote que toi ? T'en penses-quoi, ajouta-t-il en se tournant vers le second Écailleux.

— Je... je ne dirai rien non plus !

— T'en es sûr ? Tiens, regarde ce qui t'attend si tu lâches pas le morceau.

Un poing dur comme l'acier s'abattit sur le visage flasque de son fier-à-bras de compagnon, faisant voler deux dents gâtées au loin.

— Aïïïïe ! Sssssalaud !

Le sang s'écoulait de la bouche fracassée.

— Alors ? Vous ne voulez toujours pas me dire où est votre putain d'île ? Dis-le moi, et je te soigne. Tais-toi, et crève la gueule ouverte. C'est à toi de voir.

— …

— Ah, tu vois, tu hésites. Tu as peut-être encore un peu envie de vivre, pas vrai ?

— …

— Alors, tu vas parler ?

— Ccccc'est bon, je vais vous dire où est l'île sssssacrée…

— Non tu ne vas pas me le dire. Tu vas m'y conduire.

L'air penaud des deux Écailleux acheva de convaincre Skåljamund qu'il avait gagné la partie. Il alla jusqu'au feu de camp allumé non loin par les mercenaires et en revint quelques instants plus tard, une lame chauffée au rouge à la main. Les Hommes-poissons se recroquevillèrent de terreur lorsqu'il s'approcha.

— Allons, allons, vous avez eu ma parole que je ne vous tuerais pas, ça ne vous suffit pas ?

D'un geste vif, il appliqua le métal brûlant sur la plaie béante qui s'ouvrait sur l'abdomen nu des Écailleux. Des hurlements s'élevèrent alors, en même temps qu'une âcre odeur de poisson grillé. Skåljamund recula de quelques pas et contempla son œuvre :

— Ça tiendra le temps que ça tiendra ! Allez, maintenant, à l'île !

Cela faisait maintenant trois heures que les deux Écailleux tiraient le radeau. Enchaînés solidement aux rondins de bois, ils plongeaient en de longues coulées, battant souplement des palmes pour faire avancer l'embarcation. Skåljamund et ses compagnons attendaient patiemment, guettant l'horizon dans l'espoir d'apercevoir enfin l'île tant attendue, quand soudain, l'un des deux Hommes-poissons sembla ralentir l'allure, faisant virer le radeau de bord. Un nuage de sang flottait autour de lui.

— Merde, mon rafistolage n'a pas tenu, gémit le Péon. Sa plaie a dû se rouvrir ! La guigne !

Pour couronner le tout, un aileron noir comme la suie fit son apparition, emportant l'Écailleux vers le fond. La chaîne qui le reliait au radeau se tendit, le faisant giter dangereusement, et déclenchant la panique à son bord.

— Mais c'est qu'il va nous couler en plus ! Fils, ta lance !

Øolfur se précipita, heureux que son père lui confie une si importante tâche, et lui tendit la lourde lance. Se débarrassant de son armure et de sa chemise, le Péon se redressa, muscles saillants. Les yeux plongés dans l'eau claire, il suivait des yeux le requin et sa proie. Puis, jugeant le moment propice, il bondit souplement, lance tendue vers l'abîme, fondant vers le monstre marin. La lutte fut âpre, rugueuse, et un voile d'écarlate teinta bientôt la mer. Un silence tendu s'était fait sur le radeau. Tous attendaient ; même Fort-Croc guettait. Et soudain, la tête du Péon émergea, victorieuse. Grimpant souplement sur le plancher glissant, il tira à lui la carcasse éventrée du requin.

— Tiens mon Fort-Croc, mange ! Et toi aussi mon fils. Et toi, l'elfe. Ce soir, c'est nous qui dînons du requin.

Se retournant, il attrapa la chaîne qui pendait mollement et tira, tira encore, hissant l'Écailleux blessé à bord. La créature agonisait. Une bonne partie de sa jambe avait été arrachée par le prédateur, et la marque des crocs s'était imprimée dans la chair visqueuse. Les râles de douleurs devenaient plus faibles à chaque instant. L'hybride n'en avait plus pour longtemps.

— Maudits soient les dieux, s'exclama Skål. Il va nous claquer entre les doigts ! Sans lui pour l'aider à tirer le radeau son compère ne nous emmènera pas loin !

— Père, toi vouloir moi nager ? demanda Øolfur. Moi peut le faire !

— Toi ? Certainement pas ! Tu es trop jeune, fils, et ça grouille de requins par ici. Non, c'est à moi de prendre sa place. Mais comment faire pour respirer sous l'eau ?

— Facile, père ! Toi faire comme toi raconter moi : toi enfiler peau Homme-poisson !

— Enfiler peau… ? Øolfur, mon fils, tu es un génie ! Je sais comment faire !

Le Péon se jeta sur l'Écailleux, qui rendait l'âme (si tant est qu'il en ait eu une !) dans l'indifférence générale. L'attrapant, il inséra ses doigts dans ses branchies chaudes et palpitantes, tout en lui comprimant fermement le cou de l'autre main. Puis, d'un geste sec, il tira. Fort. Très fort. Si fort que branchies et poumons furent arrachés de la gorge de l'Homme-poisson, qui expira en un horrible gargouillis. Sans hésiter, Skåljamund les porta à sa bouche et, résistant au dégoût que le contact provoquait en lui, s'accroupit au bord du radeau et plongea la tête sous l'eau, inspirant profondément à travers la matière spongieuse et sanguinolente. Sans grands espoirs, il s'attendait à sentir l'eau salée envahir ses propres poumons, mais, à sa grande surprise, ce ne fut pas le cas. Il rouvrit les yeux et constata qu'il pouvait dorénavant respirer sous la surface de la mer d'Ontoise.

Peu à peu, notre héros et ses compagnons se rapprochent du sanctuaire des Hommes-poissons.

L'atteindront-ils ? Et une fois sur place, que se passera-t-il ? Cela, chers lecteurs, nous l'apprendront dans le prochain épisode de Skåljamund !

ÉPISODE VII

L'ÎLE À ÉCAILLES

Par les dieux, Skåljamund était bien content d'avoir enfin atteint la terre ferme ! Ses bras pourtant puissants ne bougeaient plus qu'à grand-peine après avoir fendu les flots des jours durant. Sa peau était crevassée, rongée par le sel, et sa bouche ! Ô, dieux, sa bouche ! Elle était desséchée et percluse de crampes à force de s'être agrippée aux branchies sanglantes de l'Écailleux. S'il avait pu respirer sans peine sous l'eau, le Péon avait dû composer avec le terrible goût de la chair en putréfaction sur sa langue. Sitôt arrivé sur la grève, agenouillé dans le sable, il ne put s'empêcher de vomir, laissant échapper de son estomac frustré par les privations une bile noirâtre. Mais l'essentiel était ailleurs : ils étaient arrivés, sains et saufs malgré les attaques prédatrices des requins et autres monstres marins. Subsistait néanmoins une question préoccupante, un problème de taille : que faire de l'Écailleux survivant qui les avait guidés jusqu'à l'île sacrée de son peuple ? Fallait-il l'occire sans autre forme de procès ? Skåljamund n'était pas un bourreau et savait que sans lui, jamais ils n'auraient posé là le pied. Cependant, le relâcher, c'était l'assurance de le voir galoper à toutes jambes vers les siens et dénoncer la présence sur leurs terres d'envahisseurs animés de bien mauvaises intentions. Fichtre ! Quel cruel dilemme ! L'Écailleux gisait dans le sable, hors de souffle. Son corps frêle, bien que taillé pour la nage, avait souffert de l'effort consenti pour tirer le radeau et sa poitrine ne se soulevait plus qu'à grand-peine. Un gargouillis soudain se fit entendre et l'Homme-poisson se redressa sur un genou. Il n'eut guère le temps de faire plus : une mâchoire aux dents luisantes s'était déjà refermée sur son torse, l'empêchant de s'enfuir comme il semblait vouloir le faire. Fort-Croc, tenaillé par la faim, n'avait su retenir plus longtemps son instinct animal. Eh bien soit ! Cela faisait un souci de moins pour nos héros ! Ne restait plus maintenant qu'à trouver de quoi se remplir la panse, puis à partir en chasse, sus à l'Homme-poisson !

La petite troupe se mit en route, quittant la grève trop exposée pour la luxuriante forêt de palmiers qui bordait le rivage. En toute logique, la cité des Écailleux se devait d'être près de l'eau, tout en étant protégée des regards indiscrets. Leur plus grande chance était donc de trouver un cours d'eau remontant vers l'intérieur de l'île. Oui, la cité secrète devait se trouver quelque part à l'intérieur des terres, Skåljamund en aurait mis sa main à couper. Ils s'enfoncèrent donc dans les bois vierges de toute présence humaine, après avoir pris soin d'y tirer le radeau et de l'y dissimuler sous une épaisse couche de feuillage. Mieux valait ne pas alerter les Hommes-poissons de leur présence trop tôt. Touffus, les arbres étouffaient le moindre bruit autre que les criaillements d'oiseaux étranges et inquiétants. L'atmosphère était lourde et oppressante, et la chaleur moite. Ils avançaient donc, tentant de se frayer un chemin entre les lianes, les troncs et les épais fourrés. De grosses auréoles se formaient sur le tissu de leurs vêtements collés de sueur. Au mépris de toute prudence, ils avaient retiré leur armure, ne pouvant plus supporter cette impression de cuire tout vif dans leur carapace de métal. Les insectes les harcelaient sans cesse, leurs bourdonnements stridents vrillant les nerfs, leurs piqûres démangeant la peau. Les douze enfers d'Herpalion étaient bien réels et ils en avaient franchi les portes !

Par les dieux, comment s'orienter dans cette jungle étouffante ? Ils avaient l'impression de tourner en rond et avaient déjà échappé à plusieurs attaques de fauves affamés qu'ils avaient repoussées à grand-peine. Il leur fallait à tout prix déterminer dans quelle direction aller. Ça ne devait pourtant pas être si difficile ! L'île, vue du large, n'avait pas l'air bien grande, et Skåljamund avait parcouru en long et en large la Côte et les Plaines de Kôr. Un caillou perdu au milieu de la flotte ne devrait donc pas lui poser un tel problème ! N'y tenant plus, le Péon s'approcha d'un tronc assez torturé pour lui offrir des prises et, l'empoignant à pleines mains, entreprit de l'escalader jusqu'au sommet. Le soleil, au sortir de la ramure, le surprit et l'aveugla. À perte de vue s'étendait un moutonnement uniforme et vert. Rien qui indiquât par où aller ! Seule la forêt, impénétrable et placide, et quelques oiseaux qui s'égaillaient de loin en loin. Dépité, Skåljamund jura tout bas et s'apprêtait à redescendre annoncer la mauvaise nouvelle à ses compagnons lorsqu'un détail accrocha son regard. Oh, ce n'était presque rien, non ! Mais ce détail se transforma soudain en certitude dans son esprit. Ce détail, c'était l'espoir : une brisure, fine et à peine perceptible dans l'océan de feuilles. Et dans cette brisure, par intermittence, des brumes d'eau. Et quand le vent soufflait, de curieux monolithes de pierre, évanescents, dévoilaient leur présence au milieu des arbres millénaires. Oui, par les dieux ! Ça ne pouvait qu'être là ! Il fallait que la cité secrète des Écailleux se dresse dans cette faille ! Il le sentait, telle était la voie à suivre. Il se précipita au bas de l'arbre et, hors d'haleine, annonça à ses compagnons :

— J'ai trouvé ! Je sais où se trouve la tanière des Hommes-poissons !

— Toi voir cité, Père ?

— Pas vraiment, fiston. Mais tout me porte à croire qu'elle est là-bas, à quelques jours de marche plus au nord-est. Tout concorde : il semble y avoir de l'eau, des constructions… Ça ne peut être que là !

Alors que tout le monde semblait soulagé et opinait du chef, Tête ouvrit la bouche, mais ce fut la voix de l'elfe-médecine qui s'éleva :

— Très bien, Skåljamund. Allez là-bas et trouvez un lieu sûr. Une fois sur place, j'ouvrirai un portail entre le village et la cité des Écailleux. Et alors, l'heure du festin aura sonné ! Les Øosinën investiront les rues, détruiront les temples et brûleront les icônes de ces barbares ! Et nous nous remplirons la panse de leur chair, aussi torturée soit-elle ! Allons, pressez-vous ! Nous avons faim et la nourriture se fait rare ces derniers jours aux alentours du village. Et n'oublie pas, Péon : je vois tout ce que vous faites. En aucun cas Øolfur ne doit courir de risque. Il est l'élu, celui qui rendra notre peuple à sa grandeur !

— Mouais, laisse-moi douter de cette partie. Mais c'est mon fils, même s'il reste un elfe, alors rien ne lui arrivera, tu peux me croire.

— Dans ce cas, c'est réglé. Fin de la communication.

Skåljamund se retourna vers l'enfant elfe, une lueur attendrie dans le regard. Par les dieux, qu'il grandissait vite ! Il portait déjà les traces d'acné de l'adolescence et quelques poils en bataille au menton. Et cette ressemblance ! Un vrai petit Péon malgré ses oreilles pointues et ses traits torves ! Mais l'heure n'était pas aux considérations et aux élans paternels. Ils se devaient de continuer leur route : la vengeance les attendait et Skål n'entendait pas la faire trop attendre. Il le devait à Haerith. Il le devait à sa belle humaine partie trop tôt. Ils se remirent donc en marche, fendant les taillis et les enchevêtrements de feuilles, suivant la piste du nord-est vers la cité maudite.

Ils marchaient depuis quelques heures déjà lorsqu'un grondement sourd émergea du silence moite de la jungle. D'abord imperceptible, il gagnait en puissance à mesure qu'ils avançaient, jusqu'à ce que son intensité emplisse tout l'espace. Dans le même temps, une vibration rythmée l'accompagnait, faisant trembler le sol. Les membres de la petite troupe échangèrent un regard vaguement inquiet, décontenancé surtout. Quel nouveau maléfice les attendait sur leur chemin ? Ils redoublèrent de prudence et progressèrent plus avant, lentement, un pas à la fois, se dissimulant du mieux qu'ils le pouvaient dans les fourrés. Le grondement lancinant se fit assourdissant et les vibrations si fortes, que marcher devenait difficile. Puis les arbres disparurent, d'un seul coup, sans prévenir. La lumière les éblouit alors que Skåljamund, qui ouvrait la marche, dut se rattraper in extremis lorsque la roche se déroba sous ses pieds : ils se trouvaient maintenant face à un abîme vertigineux ! Une gigantesque cascade se dressait devant eux, soulevant une brume épaisse dans laquelle jouaient les rayons du soleil en d'innombrables arcs-en-ciel. Prestement, le petit groupe s'aplatit au sol, à l'abri des derniers arbres bordant le gouffre fumant. Passée la sensation de vertige causée par le précipice béant devant eux, ils purent peu à peu se rendre compte de la topographie des lieux. Car la colossale cascade n'était pas naturelle, certes non ! Elle avait été construite, non de mains d'Hommes, mais de mains d'Écailleux : on y devinait des sculptures innommables et torturées, des représentations d'un culte abominable rendu aux divinités aquatiques des Hommes-poissons. Deux titanesques statues recouvertes de varech veillaient de chaque côté du flot écumant, trident en main et casque de pierre vissé sur un rostre bistre. Un étroit chemin serpentait au pied de ces géants d'albâtre moussus, s'arrêtant subitement au-dessus de l'onde furieuse. Et ce passage dallé n'était pas désert ! Une patrouille en armes battait le pavé, tranquillement drapée dans sa certitude d'être invincible, protégée par le secret de la localisation de l'île sacrée. Deux Écailleux, lance à la main, qui faisaient le pied de grue en attendant que le temps passe. Et le temps passa, effectivement. Skåljamund et ses compagnons commençaient à s'impatienter lorsqu'un sifflement aigu retentit. Aussitôt, les gardes Écailleux de faction s'en retournèrent vers la cascade et, arrivés au bout de la chaussée, au bord du précipice, tendirent la main vers l'eau écumante. Sans hésiter, ils s'avancèrent. Par les dieux, ils avaient disparu ! Comme avalés par la chute d'eau. Le Péon n'en croyait pas ses yeux. La solution était d'une simplicité enfantine et tellement évidente : l'entrée de la cité secrète ne pouvait qu'être derrière ce rideau aquatique. Il se retourna, et, à voix basse, affirma aux autres :

— Vous avez vu ça ? Eh bien, maintenant, c'est à notre tour !

Les yeux ronds, les elfes le regardaient sans comprendre, puis observaient le vide et revenaient fixer le regard sur lui.

— Ah, vous êtes vraiment des ahuris, vous. Il faut tout vous expliquer. Tenez : sur les arbres qui nous dissimulent, vous avez surement remarqué qu'il y avait des lianes ?

— Oui, Père.

— Non.

— Bon, je continue. Avec ces lianes, On va se faire des cordes suffisamment longues pour atteindre la cascade. En se balançant au-dessus du vide.

— Ah…

— Ne me dites pas que vous n'avez jamais lu ou entendu d'histoires qui en parlaient ?

— Non.

— Non, Père. Désolé, moi honte pas connaître, Père.

— Ce n'est pas grave, passons. Maintenant, mettons-nous au boulot et discrètement !

Après un certain temps d'efforts acharnés, la petite

troupe s'en retourna vers le bord du gouffre. Tous arboraient un sourire satisfait : de solides cordes étaient maintenant accrochées aux branches basses d'un imposant chêne. Tout était paré pour le grand saut. Un dernier coup d'œil échangé, une dernière inspiration : ils s'élancèrent dans le vide. Les secondes semblèrent durer des siècles. L'air glissait sur leur visage, les gouttelettes frappaient durement leur peau. À peine eurent-ils le temps de sentir un filet d'eau sur leur visage en atteignant la cascade qu'un violent choc leur coupa le souffle : la roche. Pas de passage, pas d'anfractuosité, contrairement à ce qu'ils imaginaient. C'est en ce fragment d'instant, en glissant de cet état de douleur insupportable au noir rassurant du néant, qu'ils prirent crûment conscience de l'absurdité de leur acte. Et c'est inconscients que Skåljamund et Øolfur churent, toujours plus bas, fendant les remous et les rapides du torrent. Ilhaïnen, lui, n'eut pas cette chance. Le musculeux garde Øosinën se répandit en une cascatelle carmine, suspendu en l'air et fouetté par l'élément liquide les tripes dehors, éventré qu'il était par une arête rocheuse saillante que l'onde avait jusque-là dissimulée pour son plus grand malheur. De ses derniers instants, nul ne saurait jamais rien et le taciturne elfe expira en un borborygme que personne n'entendit, pas même ses compagnons déjà estourbis.

Peu à peu, la conscience leur revint. D'abord la douleur, cuisante. L'impression que la moindre inspiration, la moindre expiration, retournait dans leur chair des aiguilles chauffées à blanc. Puis la vue leur fut rendue : d'abord une sensation de noir, omniprésente. De vagues couleurs dansant comme un navire en perdition. Et soudain, avec une grande goulée d'air, la clarté se fit et la vérité éclata dans leur esprit : ils étaient en vie. En vie, mais prisonniers des Écailleux. La cité secrète se dressait devant eux, incrustée dans sa gigantesque caverne, étrange dans son architecture corallienne. Articulée autour de grandes cheminées marines et traversée de passerelles d'algues tressées, si elle pouvait soutenir la comparaison avec les plus grandes villes humaines par ses sculptures, ses temples et ses bâtiments de nacre taillée, elle dégageait néanmoins une impression malsaine, oppressante : en ses entrailles nichait un peuple de monstres sanguinaires rendant culte à leur innommable Grand Dieu. Ses murs, illuminés par des torches d'algues phosphorescentes, étaient recouverts de glyphes pulsant d'une aura malsaine. Le Péon et son fils étaient suspendus par les poignets à des chaînes, exhibés au pilori sur une estrade à la vue de tout le peuple Écailleux. Les Hommes-poissons déversaient sur eux leurs torrents de haine, exhalant comme une brume méphitique la noirceur de leur âme et laissant libre cours à leurs pulsions dévoyées. Les coups tombaient à chaque passage. Les pierres volaient, meurtrissant la chair des prisonniers. Le sang coulait, excitant encore plus les bourreaux improvisés. Des étrangers avaient été capturés, souillant le territoire sacré ! Ils allaient payer leurs outrages. Cela dura longtemps, trop longtemps au goût du Péon : les heures s'égrenaient lentement, sans qu'il puisse savoir combien avaient au juste passé. Enfin, la lumière des torches déclina doucement et les deux captifs furent détachés, pantelants et brisés, puis traînés de force dans une cellule sordide au fond d'un long couloir creusé dans le roc. Ils s'effondrèrent sur la paille rêche qui en couvrait le sol et se blottirent contre la paroi de pierre. Frissonnant de froid, tremblant de faim, ils sombrèrent dans un sommeil troublé.

Un vacarme épouvantable les tira de leur torpeur. Les murs de la cellule tremblaient. L'air vibrait. Bom ! Bom… Bobobom. BOM ! Bom… Bobobom ! BOBOM !

— Qu'est-ce que c'est que ce bordel ? Qu'est-ce que ces tarés d'Hommes-poiscailles nous préparent encore ? Oh, l'elfe ! cracha Skåljamund en cognant de l'index replié sur le sommet du crâne de Tête.

— Aïe ! Çççççça fait mal ! Pourquoi tu fais çççççça, ssssssale humain ?

— Ta gueule, c'est pas à toi que j'veux causer. Oh, l'elfe ?

La voix de l'elfe-médecine s'éleva, très loin de là.

— Que veux-tu, Péon ?

— Ce que je veux ? Non, mais vous me prenez vraiment pour un imbécile chez les elfes ? Je croyais que vous étiez censé tout voir et tout entendre avec cette saloperie de tête momifiée ? Vous n'avez pas l'impression qu'il y a un problème dans le coin ?

— Du calme, l'Humain ! La connexion n'est pas terrible, vous êtes loin ! Oui, il y a de la friture sur la ligne, et alors ?

— De la friture ? De la friture ! Il y a des Bom Bom à tout va et tu nous sors qu'il y a de la friture ? Tu te paies ma tête ? On est en cage, je te rappelle ! Et ces crétins à écailles tapent comme des malades sur leurs tambours, on se croirait aux premiers jours de la Grande Guerre des Orcs !

— Ah, à ce point ? Attendez, laissez-moi écouter un peu…

Bom ! Bom… Bobobom. BOM ! Bom… Bobobom ! BOBOM !

— Ah oui, quand même. Eh bien, ça craint…

— Quoi, ça craint ?

— Eh bien, c'est plutôt mauvais signe pour vous ! Ça ressemble à une cérémonie rituelle.

— Ouais, merci, on n'avait pas remarqué…

— C'est comme s'ils avaient commencé les préparatifs pour le retour de leur grand dieu…

— Et ?

— Et quoi ?

— Tu n'aurais pas une solution pour nous sortir de là ? On est en cage, encore une fois ! Et votre élu aussi. Peut-être que ça, ça te fera réagir un peu !

— Ah…

— Oui, ah ! Va peut-être falloir te bouger un peu le fion ! Toi, tu es tranquillement assis sur ton coussin de feuilles, à te soigner les hémorroïdes avec des lavements au tilleul, mais nous on est dans une grotte pourrie, à nous faire chier dessus par des chauves-souris grosses comme des couilles de mammouth et pour couronner le tout, des hybrides défoncés aux algues veulent nous faire la peau et ressusciter un démon des abysses. Alors excuse-moi, mais il y a un peu urgence !

— Attends, attends ! Tu as dit algues ?

— Quoi, tu veux t'en faire une salade ? Ben ouais des algues, on est sur une île, sombre dégénéré !

— Oh, tu veux que je vous aide, le Péon ? Alors va falloir y aller doucement avec les insultes !

— Rien à foutre. Tu nous trouves une solution.

— Donc tu m'as dit algues et chauves-souris ? Et votre cellule dans la caverne, elle est comment ? Les murs, je veux dire.

— Ben, c'est de la roche.

— Oui, mais ça ressemble à quoi ? Comme tu l'as si bien dit, c'est une île, ça doit donc être humide, j'imagine ?

— Oui. C'est tout blanc, comme si les parois étaient couvertes de moisissures.

— Du salpêtre. Bien, bien, bien. Avec ça, vous avez peut-être une chance de vous en sortir.

— Ah oui ? Et comment ?

— Suivez bien mes instructions. Vous allez apprendre à fabriquer des boules explosives !

— Des quoi ?

— Pas le temps de t'expliquer. Technologie naine, qu'on leur a piquée pendant la dernière guerre. Tout d'abord, vous allez essayer d'attraper ces chauves-souris dont tu me parlais…

Voilà que pour venger Haerith, Skåljamund en était réduit à assommer des rongeurs ailés ! Par les dieux, ce n'était pas le futur qu'il s'était imaginé, ça non ! Toujours est-il que, trois chauves-souris envoyées ad patres plus loin, le Péon et son fils écoutaient attentivement les instructions de l'elfe-médecine crachotées par la bouche révulsée de Tête :

— Bon, maintenant vous avez les bestioles, c'est bien. Commencez par gratter la moisissure blanche qui recouvre les murs. C'est du salpêtre. Voilà, c'est bien. Vous avez un récipient quelconque dans cette geôle ?

— Oui. Une sorte de cruche en terre, pleine de flotte croupie.

— Je vois. Videz-la. Et surtout, séchez-la bien. Comme ça, oui, c'est parfait.

Bom ! Bom… Bobobom. BOM ! Bom… Bobobom ! BOBOM !

— C'est quoi ça ? Ils font toujours la fête là-bas ?

— Oui. Ils font de plus en plus de bruit. J'ai l'impression qu'ils se préparent à nous servir en entrée au grand Gollarsss.

— Tant mieux. Plus il y aura de bruit, mieux ça sera pour vous.

— Si tu le dis… Et on fait quoi maintenant ?

— Vous mettez le salpêtre dedans.

— C'est bon.

— Vous voyez ces algues, là, sur le mur ? Celles qui font de la lumière ?

Bom ! Bom… Bobobom. BOM ! Bom… Bobobom ! BOBOM !

— Oui.

— Prenez-les. Et écrasez-les, avec une pierre, vos pieds, ce que vous voulez. Vous m'en faites une pâte épaisse.

— Ça marche. Voilà… Eh ! C'est que ça chauffe, cette merde !

— Exact. Ces algues, c'est de l'Algae ignisorum. De la chaude-algue.

— Ah… si tu le dis.

— Bon, versez la pâte dans le pot avec le salpêtre. Il va falloir faire vite, maintenant.

— C'est fait.

— À présent, vous incorporez la fiente de chauve-souris.

— Pardon ?

— Vous incorporez la fiente de chauve-souris.

— …

Bom ! Bom… Bobobom. BOM ! Bom… Bobobom !

BOBOM !

— Ça vous pose un problème ?

— Et on fait comment ? On attend qu'elles se réveillent et on leur demande poliment d'aller sur le pot ?

— Vous vous débrouillez. Sachez juste que vous n'avez que peu de temps, après quoi, la mixture sera inutilisable…

— Euh…

— Allons ! Dépêchez-vous !

Skåljamund et son fils se regardèrent, ne sachant que faire. Les secondes passaient, inexorables, et la nervosité montait en eux. L'elfe-médecine les exhortait à agir, mais que pouvaient-ils faire ? N'y tenant plus, Skål se jeta sur l'une des chauves-souris assommées et planta ses dents dans son ventre tendre. Le sang gicla, dégoulinant le long de son menton.

Bom ! Bom… Bobobom. BOM ! Bom… Bobobom ! BOBOM !

— Toi faim aussi, Père ?

— Oui, fils, j'ai faim. Mais je ne mange pas, là. Il nous faut d'abord sortir de là. Fais comme moi, ouvre-les avec tes dents !

— D'accord, Père.

Ils ouvrirent donc les bêtes, les déchiquetant goulûment. Puis, alors que leurs entrailles s'étalaient, béantes, le Péon se saisit d'un boyau et tira fort, l'arrachant du corps du petit animal. De ses mains moites, il pressa alors le bout de chair au-dessus de la cruche de terre, libérant un flot excrémentiel. Une odeur écœurante envahit la cellule. Stoïque, Skåljamund se tourna de nouveau vers Tête.

— Voilà, c'est fait. Quelle est la suite ?

— Vous posez la cruche près de la porte et vous courez

vous abriter le plus loin possible. Le phosphore contenu dans les fientes va réagir avec la mixture, qui ne va pas tarder à exploser. Dans quelques instants, vous serez libres !

Bom ! Bom… Bobobom. BOM ! Bom… Bobobom ! BOBOM !

Une explosion ébranla alors l'air, assourdissante, éventrant la grille condamnant la cellule dans un nuage de fumée. Skåljamund et son fils eurent besoin de quelques secondes pour reprendre leurs esprits, contemplant d'un air hagard les barreaux tordus qui leur faisaient face. Ils tendirent l'oreille. Par les dieux, personne ne semblait avoir entendu l'explosion ! Ces tambours venus des douze enfers d'Herpalion avaient couvert le bruit de leur évasion ! Ils filèrent sans demander leur reste, laissant derrière eux une prison béante.

Les geôles étaient maintenant loin derrière eux. Prévoyants, ils avaient quand même récupéré armes et armures sur un râtelier avant de quitter définitivement les lieux. Mais surtout, impressionné par la formule de l'elfe-médecine, ils avaient fait le plein d'ingrédients afin de confectionner de nouvelles bombes explosives et semer la désolation parmi les Écailleux. Se fiant ensuite à leur ouïe, et bien aidés par le vacarme ambiant, ils s'étaient faufilés dans le dédale des rues désertes, à la recherche de l'assemblée des Hommes-poissons. En peu de temps, ils avaient atteint le cœur de la cité. Là, dans un amphithéâtre en contrebas, un spectacle sordide les attendait. Le chaman dansait à la lueur de la lune que l'on pouvait apercevoir par le plafond crevé de la caverne, au milieu de geysers déchirant la nuit par intermittence. Ses membres souples se tordaient en des angles impossibles. Chaque pas, chaque frétillement, chaque saut dénotaient une sauvagerie absolue. La transe était totale et s'accompagnait de claquements de mandibules, de gémissements sourds et de cris inarticulés. La foule d'Hommes-poissons, à genoux autour de lui, scandait en rythme une lente mélopée. Skåljamund et Øolfur s'aplatirent au sol. Personne ne semblait les avoir repérés dans le désordre environnant. Lentement, un sourire prédateur aux lèvres, ils s'appliquèrent à fabriquer leurs terribles engins de mort. « Hissstiak ! Hissstiak ! » Les paroles, chuintées, susurrées par des milliers de bouches sans dent, semblaient s'élever, s'épaissir et tournoyer en même temps que le chaman dans l'air saturé de vapeur. Au milieu du cercle se trouvait une femme allongée, nue, les seins lourds et le ventre gonflé à l'extrême. « Hissstiak ! Hissstiak ! » Les chants maintenant devenus solides s'approchaient d'elle au gré des tressaillements du chaman, frôlaient sa peau blafarde, caressaient cette panse distendue. Et à chaque approche se devinaient des mouvements en elle, à chaque fois plus marqués, plus violents. La femme hurlait alors que ses entrailles étaient déchirées de l'intérieur. Le Péon et son fils armèrent leur bras et, sans prendre le soin de viser, lancèrent leurs bombes. Une dizaine en tout, chargées jusqu'à la gueule de leur mixture mortifère. « Hissstiak ! » Une scansion plus puissante et la peau de la femme creva, laissant passer des doigts griffus. Une salve d'explosions retentit, fauchant les membres, broyant les corps. Mais les Hommes-poissons ne sentaient plus, les Hommes-poissons ne voyaient plus. Seule leur transe comptait. De nouveaux chuintements grinçants, de nouveaux cris suraigus, et une tête, écailleuse et dentue, aux yeux globuleux injectés de sang s'extirpa de sa prison de chair, saluée d'un hurlement de douleur. Alors que la femme trépassait, la créature se redressa de toute sa taille, immense, et baissa les yeux sur son peuple. Gollarsss le Terrible marchait de nouveau sur terre et sur les mers.

C'est une aube terrible qui s'annonce pour Skåljamund et Øolfur. Gollarsss, la terrible divinité des Écailleux, se dresse maintenant sur leur route. De cet affrontement ne dépendra pas seulement leur vie, mais aussi celle du monde entier. Verront-ils se lever le soleil une fois de plus ? Nos héros survivront-ils au destin qui s'acharne et les met maintenant aux prises avec un dieu ? Ces réponses, cher lecteur, tu les trouveras dans le prochain épisode !

ÉPISODE VIII

LE CRÉPUSCULE DES

DIEUX

Par les dieux, jamais Skåljamund n'aurait imaginé rencontrer l'un d'entre eux ! Le grand Gollarssss s'était extirpé de la dépouille sanglante de la femme au milieu d'une foule d'Écailleux en liesse. Alors qu'il se redressait et dépliait sa grande carcasse en grondant d'une joie malsaine, ses adorateurs, chaman en tête, s'étaient prosternés. Pour la première fois de sa vie, le Péon connu la peur, la vraie, la terreur à la vue de sa propre mort. Comment pouvait-on lutter contre une créature aussi effroyable ? Comment même imaginer une telle puissance se dégageant d'un seul être ? Le Grand Dieu se tenait là, au centre de l'amphithéâtre, au cœur de la cité secrète de l'île des Écailleux, et lui, Skåljamund le Péon, simple Homme des Plaines de Kôr, était sur la voie vers la domination du monde libre. À cette pensée, Skål déglutit péniblement. Il n'avait plus qu'une envie, fuir. Fuir le plus loin possible. Fuir le plus vite possible, surtout. Avant que la situation ne tourne encore plus au vinaigre. Certes, il en avait fait des erreurs dans sa vie, mais celle-ci, c'était définitivement la plus grosse. Il ferma les yeux. Le visage d'Haerith dansa en surimpression devant les flammes des douze enfers d'Herpalion. Elle était belle. Elle lui manquait, mais il n'avait pas encore envie de la rejoindre dans la mort. Il rouvrit précipitamment les yeux, honteux de ses lâches pensées, et croisa le regard d'Øolfur, son fils. Son fils elfe, qui le regardait comme le petit peuple regarde les héros venus à son secours. La honte embrasa le cœur du Péon de plus belle. Ah, maudits soient les dieux ! Si même le p'tiot s'y mettait maintenant… La mort dans l'âme, il se tourna de nouveau vers la foule en admiration devant la divine horreur aquatique. Puis, il fourragea dans la besace qu'il portait au côté et dans laquelle il avait enfourné les bombes fabriquées plus tôt. Il en sortit une, et y ajouta la dose de fiente de chauve-souris nécessaire à son amorçage. Puis, il fit de même pour les autres, et sans une once d'hésitation, balança le tout dans la foule.

— Cours, fils !

Un déluge de feu s'abattit sur les Hommes-poissons, et bientôt, une odeur de chair grillée emplit la caverne et la cité écailleuse. Partout des hurlements, partout des glapissements. L'horrible voix chuintante des Écailleux vrillait les tympans du Péon et de son fils. Un vent de panique soufflait dans l'amphithéâtre : tous couraient, en tous sens, tentant désespérément d'éteindre les flammes qui se propageaient à une vitesse folle. La chair des hybrides brûlait bien, et vite, à la mesure des exactions qu'ils avaient commises sur toute la Côte de Kôr. La lueur des foyers se reflétait dans les yeux de glace de Skåljamund : il savourait sa vengeance. Mais alors que, fasciné par ce spectacle, il ne pouvait détacher son regard de ces torches vivantes, il fut brusquement tiré de sa rêverie morbide par son fils qui lui tirait sur le bras.

— Père ! Père ! Toi voir ! Voir autour nous !

— Que... Quoi ? Ah maudits soient les dieux !

Il voyait alors ce qu'Øolfur tentait de lui montrer : l'effet de surprise était passé, et les Écailleux s'étaient organisés, de petits groupes convergeaient vers les deux incendiaires, prêts à leur faire payer cher leur agression.

— Ah, fils, que ferais-je sans toi ? Vite, filons ! Mettons-nous à l'abri ! Et merde !

Et merde, en effet : ils venaient d'être pris à revers par trois Hommes-poissons, et leurs lances aux lames acérées pointaient dangereusement vers leurs reins. D'un geste, Skål poussa fermement Øolfur derrière lui. L'acier crissa, les barbillons des piques heurtant l'armure. Le choc lui coupa le souffle, et il fut repoussé en arrière de quelques pas. Mais le plastron de Görm valait bien le combat mené pour l'obtenir, et remplit parfaitement son rôle : l'Homme de Kôr sortait indemne de cette mauvaise rencontre. D'un réflexe, il abattit son imposant braquemard. Le bois des hampes craqua, et les trois lances volèrent en éclat, projetant esquilles et débris. Éberlués, les trois Écailleux s'entreregardèrent. Pas un n'eut le temps d'ouvrir la bouche. Un sillon rouge se dessinait déjà sur leur gorge : Øolfur n'avait pas perdu de temps. Il s'était faufilé dans leur dos, en égorgeant deux, tandis que d'un revers, Skåljamund avait achevé le dernier.

— Bien mon fils ! Tu apprends vite ! Mais ne traînons, pas, il y en a d'autres ! Regarde, derrière nous !

— Père ! Moi pas vouloir mourir ! Moi pas vouloir toi mourir !

— Aujourd'hui n'est pas le jour où mourra le Péon, crois-moi ! Et toi non plus !

De bien belles paroles, mais seraient-elles suffisantes pour forcer un destin qui s'annonçait bien sombre pour eux ? Car déjà la nasse se refermait, et les Écailleux se pressaient toujours plus nombreux autour d'eux. Coups d'épée, piques, couteaux, même les pierres volaient. Tout était bon pour blesser l'opposant, tous les coups, même les plus vicieux étaient permis. Mais les Écailleux étaient bien trop nombreux, et le combat perdu d'avance. Skål et son fils se faisaient l'impression d'une île, perdue au milieu d'un océan d'écailles, battu par ses flots inlassablement. Déjà leurs coups se faisaient moins précis, leur bras moins puissant. Le sang empoissait leurs mains, rendant glissante leur poigne. Leur vue se brouillait de tant d'éclaboussures et de la sueur qui leur perlait du front. Tout semblait finalement perdu, et Skåljamund songea amèrement qu'il allait quitter ce monde plein de regrets.

— Øolfur, mon fils, je crois bien que c'en est fini de nous.

— Père…

— T'avoir connu fut un honneur bien trop bref. Je sais

que je n'ai pas été le meilleur des hommes, ni le meilleur de pères. J'espère juste que…

— Père…

— Tututut. Je le sais bien. Je…

— Père ! Toi taire, et toi voir !

Skåljamund suivit des yeux la direction qu'indiquait le doigt tendu de son fils : les Écailleux semblaient s'écarter, comme en proie à une terreur sans bornes. Et c'est alors qu'il le vit : Fort-Croc, emportant tout sur son passage ! De sa gueule saillaient des membres sanglants, sur son flanc s'accrochaient des hybrides aux yeux fous, mais si sa puissance seule lui ouvrait la voie, ses crocs luisants lui assuraient un sauf-conduit au travers des rangs écailleux.

— Fort-Croc ! Mon ami, mon compagnon ! Si tu savais comme je suis content de te voir ! Je te croyais perdu dans la jungle !

L'imposant animal ne cessa sa course qu'une fois arrivé à leurs côtés. Sans perdre un instant, ils sautèrent sur son échine et s'y cramponnèrent d'une main, continuant à tailler la foule de l'autre.

— Ah, brave, brave bête ! Tu nous délivres là d'un bien grand péril !

Et Fort-Croc de bondir, jaillir et sauter, esquivant une estocade par-ci, fendant un Écailleux en deux d'un coup de griffe par-là. Les mêmes images, inouïes de violence, exacerbées par la haine, se répétèrent encore et encore, inlassablement. Mais même si l'apport de la bête des bois de Sakhmaalgrad avait fait renaître l'espoir, l'issue de ce combat n'en restait pas moins inéluctable tant étaient nombreux les Hommes-poissons restants. Pour un qui tombait étripé, c'était comme si deux jaillissaient des profondeurs de leur mère océane. Skåljamund se retourna vers Øolfur :

— Fils, couvre-moi !

— Couvrir toi, Père ? Moi pas avoir couverture !

— Non ! Pas comme ça ! Avec ton glaive ! Ça veut dire que tu me protèges pendant que je fais autre chose ! Je dois appeler ton grand-père l'elfe-médecine.

— Ah ! Moi comprendre maintenant !

Et Øolfur protégea son père, trancha à droite, à gauche, parant, feintant, fendant autant que faire se peut à dos de Fort-Croc. Pendant ce temps, le Péon avait soulevé Tête à hauteur de ses yeux et, la secouant violemment, s'époumonait :

— Oh, l'elfe ! Elfe-médecine ! Si tu nous vois, réagis, bordel ! Ici on est vraiment dans la panade !

La voix du vieil Øosinën lui parvint en retour, distante et distordue :

— Je ne vous ai pas oublié, Péon, et je travaille de mon côté ! J'ai loué les dieux, j'ai sacrifié deux mouflons à l'Arbre-matrice, et me suis accouplé avec la guérisseuse pour obtenir les faveurs divines ! Et maintenant, tout est prêt, ce n'est plus qu'une question de secondes ! Tenez bon encore un peu !

— Ouais, bah ne perds pas trop de temps, alors ! Parce je ne suis pas sûr qu'il nous en reste tant que ça !

— Je fais ce que je peux, traiter avec les dieux n'est pas chose aisée ! Bon, je te laisse, j'ai une marmite sur le feu qui va attacher !

La communication se coupa, laissant un Skåljamund éberlué par ce qu'il venait d'entendre. L'elfe-médecine se payait du bon temps pendant qu'eux se prenaient des gnons, voilà qui n'était pas pour lui plaire !

L'emplumé allait l'entendre, si jamais il en réchappait ! Fou de rage, il reporta son attention sur les cadavres qui s'entassaient autour d'eux, toujours plus nombreux, et s'évertua à y apporter sa contribution. Pris d'un pressentiment soudain, il jeta un coup d'œil au cœur de l'amphithéâtre. Il n'aurait pas dû, car son sang se figea instantanément dans ses veines. Le chaman écailleux venait d'achever de raconter la situation au grand Gollarssss, et celui-ci, ivre de pouvoir et plein d'une volonté destructrice, tournait à présent son regard vers l'Homme de Kôr et ses compagnons. Il hurla. Et ce hurlement fit trembler les murs et la voûte de la cité-caverne écailleuse, faisant dangereusement chuter des blocs de pierre du plafond. Puis, la monstruosité divine se mit en marche sus à ces mortels fétus de paille. Skåljamund déglutit péniblement : le pire venait de commencer.

Le grand Gollarssss s'apprêtait à écrabouiller le Péon de ses mains palmées et griffues lorsque l'air se déchira subitement, détournant son attention. Le phénomène découpa par la même occasion en deux moitiés distinctes l'Écailleux qui avait eu le malheur de se trouver là à ce moment précis. Son croassement de douleur fut en partie couvert par les crépitements électriques qui s'élevèrent dans l'amphithéâtre en résonnant dans les cheminées coralliennes, et par le bruit du vent dans le feuillage. L'inconscient de Skåljamund réagit aussitôt. Vent ? Feuilles ? Comment était-ce possible dans la cité-caverne des Hommes-poissons ? Il tourna lui aussi la tête vers la déchirure et ce qu'il vit le stupéfia : le village des elfes s'étalait devant lui, bien visible à travers une sorte de portail bleuté, le gigantesque Arbre-matrice en arrière-plan. Et dans ce village, des Øosinën en armes se tenaient prêts, encadrant leur elfe-médecine qui dansait par saccades autour d'une marmite fumante et grognait d'incompréhensibles paroles, les plumes de sa chevelure voltigeant autour de lui. L'immonde Gollarssss en oublia complètement Skål, qui en conçut malgré lui un bref sentiment de dépit. Le dieu se dirigea à grands pas vers ces elfes piaillant, attiré vers ces proies qu'il devinait moins coriaces et donc plus goûteuses. Il engagea sa gigantesque carcasse dans le portail, surgissant au milieu des Øosinën. Le carnage commença aussitôt. Ah, foi de Péon, ça n'allait pas se passer comme ça ! On ne tournait pas impunément le dos à Skåljamund, tout dieu des ombres qu'on était. Fou de rage, l'Homme de Kôr éperonna les flancs de Fort-Croc, qui bondit à la suite du grand Gollarssss. Le transfert fut bref et perturbant, tant la sensation de se trouver en deux endroits en même temps défiait les capacités mentales du commun des mortels. Il leur fallut quelques secondes pour reprendre leurs esprits en se matérialisant dans le village elfique. L'odeur d'humus, puissante, remplaça dans leurs narines celle du sang ; et le cri rauque des oiseaux celui des Écailleux mourants. Mais cet instant de répit fut court, le massacre reprenant aussitôt, les Hommes-poissons leur ayant également emboîté le pas, galvanisés par l'exemple du grand Gollarssss.

Le grand Gollarssss semait la désolation parmi les elfes, qui s'éparpillèrent en poussant des piaillements suraigus de terreur. Dévorer des Écailleux sans défense, oui, mais lutter contre un être divin ? Ils étaient bien trop couards et malingres pour ça ! C'était donc, encore une fois, au Péon de prendre ses responsabilités et de se battre seul. Sautant à bas de Fort-Croc, il se mit en garde tout en jetant une grosse pierre dans le dos du dieu écailleux. Au même instant, l'incongruité d'une telle situation lui traversait l'esprit, mais il n'avait plus guère le choix. Mourir lâchement, ou mourir les armes à la main, le choix était vite fait, et Skåljamund le Péon n'aurait pas à rougir en franchissant les portes des douze enfers d'Herpalion, ça non ! Le grand Gollarssss se retourna, furieux devant tant d'audace et d'outrecuidance. Quel était l'avorton qui osait ainsi défier sa divine personne ? Prompt à réagir, l'elfe-médecine mit aussitôt à profit cette distraction, exhortant ses troupes :

— Par ici ! Par ici ! Contournez-le, et prenez-le à revers ! Allons, Øosinën ! À l'assaut de ce dieu immonde !

Sa voix lui répondait curieusement en écho par la bouche de Tête, aussi avait-on l'impression que le vieil elfe s'était dédoublé. Le Grand Gollarssss, voyant les lèvres momifiées de Tête se mouvoir et répéter les paroles du chaman, poussa un rugissement de rage :

— Traîtressssssse ! Traîtresssssse à ton peuple ! Tu sssouilles ton ssssang, et par la volonté de Gollarssss le Terrible, tu périras !

D'un bond, il fut sur Skåljamund aux côtés duquel elle ballottait, accrochée par des lanières de cuir, et abattit son imposant poing. Le coup fut rude, et l'Homme de Kôr, projeté au loin dans la poussière et l'humus. Le dieu rouvrit ses doigts batraciens sur une Tête arrachée au Péon.

— Ô grand Gollarssss ! Que je ssssuis contente de toucher votre divine présenccccce ! Vous m'honorez, ô puissant dieu !

— Traîtressssssse ! beugla-t-il. Comment oses-tu m'adresssssser la parole, après avoir vendu ton propre peuple à ccccces chiens d'elfes !

— Que dites-vous, ô votre grandeur ? Trahir, moi ? Non, non, non ! J'étais honteusement retenue prisonnière de ccccces mécréants ! J'étais…

Mais le grand Gollarssss n'écoutait déjà plus. Il dardait ses yeux emplis de haine sur la tête ensorcelée, et sa fureur ne fit que croître à mesure que les lèvres desséchées s'agitaient. Il jeta le chef bavard à terre et leva son énorme pied palmé. Comprenant soudain, Tête glapit de terreur.

— Nooooon ! Par pitié, nooooon ! Ô grand Gollarssss ! Ne faites pas çççççça ! Je su…

Un sang noir gicla lorsque Tête explosa tel un fruit trop mûr. Au même instant, à l'autre bout du village, l'elfe-médecine tomba à genoux, la tête entre ses mains, vomissant une bile épaisse et noire :

— Rhaaaaaa ! J'ai maaaaal ! Rhaaaa ! Faites que ça cesse ! Rhaaa !

Du sang perlait entre ses doigts, coulant de ses tympans fracassés par la pression. Ses yeux furent soudainement éjectés de leurs orbites. Son cerveau venait d'exploser, comme celui de Tête l'avait fait quelques secondes plus tôt : si forte était la magie des Øosinën que le lien psychique qui les unissait tous deux avait causé la perte de l'un au moment où l'autre périssait.

Skåljamund se redressa péniblement, le corps perclus de douleur. Il vit l'elfe-médecine s'effondrer au sol, face contre terre. Une grande lassitude l'envahit. Tant de sang avait déjà coulé en vain. Pour quoi se battait-il déjà ? La liberté ? Un monde libre et meilleur ? Non, rien de cela. Il se battait pour les siens qui avaient péri. Il se battait pour Haerith, pour Øğiŭ, et maintenant pour l'elfe-médecine. Il puisa dans ces pensées une force nouvelle, et s'écria, aussi fort que le pouvaient ses poumons haletants :

— Gollarssss ! Enfant de catin ! Tu veux te battre ? Alors, viens à moi ! J'ai ouï dire que tu sers de femme aux trolls du Svartafjell, et que toutes les neuf nuits, ils te prennent à tour de rôle ! Allons, viens donc, si tu es un dieu ! Prouve-le ! Viens que je t'étripe !

Gollarssss l'ensanglanté siffla en entendant ces paroles, et sa réponse fusa, venimeuse, accompagnée d'un mépris plus lourd qu'une chape de plomb :

— Idiot d'Humain ! Ne ssssais-tu pas que sssseul un dieu peut tuer les dieux ?

— Ah oui ? On dit ça ? Eh bien soit ! Si je dois me changer en demi-dieu pour écrabouiller ta face de divine morue, je le ferais ! Mais je te préviens, foi de Péon, tu as intérêt à prendre garde à tes écailles, car je suis l'homme le plus coriace auquel tu auras jamais affaire !

Tout en lâchant ces mots, Skåljamund savait que son attitude bravache ne le sortirait pas de la tourbe dans laquelle il avait foncé tête baissée. Comment tuer un dieu ? En devenant un demi-dieu, pardi ! C'était bien facile à dire, mais quant à le réaliser, c'était autre chose. Il lui fallait maintenant réfléchir, et vite, car le grand Gollarssss était déjà sur lui et pilonnait le sol de ses poings massifs dans l'espoir d'écraser la vermine qui le défiait.

Skåljamund reculait sous les coups de boutoir du dieu des Hommes-poissons. Tout son corps le faisait souffrir, mais il ne pouvait abandonner. Trop de choses dépendaient de lui. Il tentait vainement de faire couler le sang de son adversaire, mais l'acier ne parvenait pas à mordre la chair tant l'épaisse carapace d'écailles était impénétrable. Déjà le fil de sa lame s'ébréchait et s'émoussait. L'âme de son épée ployait sous la violence des chocs, se tordait, et ne lui renvoyait plus qu'une image piètre et torve de l'arme efficace qu'elle fut naguère. La situation devenait de plus en plus critique pour le Péon bientôt désarmé. Il avisa son fils non loin, qui achevait de clouer un Écailleux au tronc massif de l'Arbre-matrice avec une longue pique. Décidément, le petit apprenait vite ! Il avait maîtrisé seul le maniement de la pique ! Pique. Arbre-matrice. Par les dieux, il la tenait, sa solution ! Plein d'espoir, il héla Øolfur :

— Fils ! Fils !

— Père ? Quoi toi vouloir ?

— Écoute-moi bien ! Tu vas grimper à l'Arbre-matrice.

— Mais Père, ça pas possible ! Ça interdit, tabou ! Arbre-matrice sacré !

— Sacré ou pas, j'm'en cogne ! Que crois-tu qu'il arrivera à l'Arbre si la Grande Morue nous vainc ? Hein ?

— Moi pas savoir, Père.

— On s'en fout, c'est pas le moment. Tu vas grimper, et me couper une branche. Puis tu vas la tailler en pointe et m'en faire une lance. La voilà, mon arme de demi-dieu ! Allez, fais vite, pendant que je continue de faire danser ce tas d'arêtes !

— D'accord, Père ! Moi faire vite !

Øolfur bondit, s'agrippa maladroitement aux branches, et grimpa sur l'Arbre-matrice, tiraillé entre le besoin d'aider son père et la crainte ancestrale du dieu des Øosinën. Le bois noir grinça dangereusement, et se débattit sous l'affront qui lui était fait, tentant de se débarrasser de l'elfe qui profanait ainsi sa divinité. Le fils du Péon et de l'Arbre avisa une jeune branche forte et droite, parfaite pour une lance. Il n'hésitait plus désormais : en contrebas, il voyait son père en mauvaise posture, tentant de mordre avec sa lame tordue les écailles invulnérables du grand Gollarssss. Le jeune demi-elfe leva son glaive aiguisé et frappa l'écorce. Le bois gémit, les feuilles racornies bruissèrent, scandalisées. Øolfur frappa encore. La sève jaillit, brûlante, défendant l'intégrité de l'Arbre-matrice. Mais l'acier, affamé, s'enfonçait toujours plus loin dans les cernes divins. Enfin, la branche céda, rompant avec un craquement offusqué avant de s'écraser au sol. Øolfur se laissa tomber souplement, et ébrancha par petits gestes vifs la lance qui prenait forme entre ses mains. Puis, enfin satisfait, il héla son père et lui lança l'arme :

— Voici lance ! Avec ça pouvoir tuer grand Gollarssss !

Le Péon se saisit habilement de la hampe taillée en pointe et la fit tournoyer pour en tester l'allonge tout en esquivant les coups vicieux du dieu des Hommes-poissons.

— Merci, fils, elle est parfaite ! Gollarssss, à nous deux maintenant ! ajouta-t-il avec un sourire carnassier.

Les coups se mirent à pleuvoir, et les deux adversaires commencèrent à danser un mortel ballet. Aux envolées aériennes de la lance de Skål répondait la cadence sourde du martèlement des poings du grand Gollarssss. Aux feintes succédaient les attaques, aux parades les estocs. Les griffes aiguisées enlaçaient la hampe de la pique ; le bois dur caressait l'écaille. Chacun virevoltait autour de l'autre, la force brute du dieu opposée à l'instinct d'un Homme devenu demi-dieu l'espace d'un combat. L'air semblait se plier à leur volonté, le bruit des armes et du vent formait une mélodie accompagnant leur danse. Autour d'eux tombèrent un à un les Écailleux, s'effaçant sans un souffle pour laisser aux solistes la lumière déclinante du jour. Bientôt les arbres proches s'ornèrent des stigmates des coups échangés, l'humus piétiné s'était transformé en une boue odorante et grasse. Les deux belligérants s'affrontaient tantôt dans les ruelles de terre, et tantôt sur les passerelles aériennes du village Øosinën. La lutte fut âpre, et longue. Les corps s'entremêlaient et se repoussaient, les crocs de Gollarssss crissaient sur les pointes acérées des spalières de l'armure de Görm, la pointe aiguisée de la lance du Péon éraflait les écailles du dieu des Hommes-poissons. Mais ce combat en apparence si équilibré ne l'était pas : le grand Gollarssss ne faisait que jouer avec sa proie. Il ouvrit grand la gueule, et régurgita une énorme glaire verdâtre. Des étincelles naissaient et mouraient à sa surface, le parcourant en tous sens. Le dieu, dessinant de complexes arabesques avec ses mains, fit léviter la boule suintante de bile. « Hissstiak ! Hissstiak ! » Levant les yeux au ciel, extatique, il exulta. « Hissstiak ! Hissstiak ! » Son rire démoniaque grinçait encore dans la nuit qui tombait lorsqu'il la projeta sur le Péon, le frappant en pleine poitrine. Aussitôt, des arcs verts sillonnèrent le corps de Skål, lui arrachant des hurlements de souffrance. Amplifiée par le lourd métal de l'armure de Görm, l'électricité magique de Gollarssss lui brûlait le corps, roussissant sa chair par endroit. Le Péon, tombé à genoux, la tête dans les mains, se releva pourtant à grand-peine, défiant le dieu du regard. Il était couvert d'ecchymoses et sa cuirasse bosselée et noircie par les flammes, alors que la monstrueuse créature qu'il affrontait ne portait que d'infimes égratignures. Le sourire avait disparu sur le visage de l'Homme de Kôr, remplacé par des traits tendus à l'extrême. Malgré cela il était toujours debout, prêt à en découdre. Il pouvait voir le rictus satisfait devant lui qui le narguait. Ses bras fatiguaient, ses jambes ne le portaient plus qu'avec peine, tandis que son adversaire, formidable, ne semblait en aucun cas éprouvé. L'issue du duel ne faisait plus aucun doute maintenant. Mais, le Péon n'était pas réputé couard, et, plus entêté qu'une mule, n'entendait pas crier grâce. Le grand Gollarssss prit la parole :

— Tu te bats bien, Humain. Mais les armes ne ssssont pas le sssseul moyen de terrasssssser un adversssssaire…

— Eh bien quoi ? Tu sais ce que j'en pense, de ta philosophie de taverne ?

— J'ai bien vu le regard que tu coules vers cccce jeune elfe. J'en déduis qu'il t'est cher et que tu t'inquiètes pour lui... Ssssache que tu as perdu, Humain !

Et, après un grand moulinet de ses poings, le dieu des Écailleux se désengagea du combat et se téléporta sur Øolfur, qui reprenait son souffle près de l'Arbre-matrice. Le jeune demi-elfe ne vit pas venir l'attaque, d'une violence inouïe. Horrifié, Skåljamund ne put qu'assister, impuissant au martyr de son enfant. Une douleur sourde battait en sa poitrine comprimée par l'angoisse. Il siffla Fort-Croc et sauta sur son dos pour l'éperonner aussitôt, lance pointée vers l'avant. Les pattes griffues de l'animal soulevèrent des jets de boue. Le Péon ne voyait plus, n'entendait plus. Aveuglé par la haine, il chargeait Gollarssss, non comme un preux chevalier dans son armure rutilante, mais tel un homme brisé par la vie et soutenu par la souffrance et la rage. Il puisa au plus profond de lui de nouvelles forces pour lever son bras gourd. Dans un hurlement, il chargeait, chargeait, chargeait encore, sa pique pointée de manière irréfléchie vers le cœur du dieu. La lance taillée dans le bois de l'Arbre-matrice explosa au contact du corps écaillé, et se brisa en mille esquilles qui mordirent la chair avec avidité. Le choc fut d'une telle violence que Gollarssss fut projeté en arrière, emporté par la furie de Skål chevauchant Fort-Croc au grand galop. Lorsque le Péon rouvrit les yeux, le grand dieu était empalé sur les restes de la lance, épinglé à l'Arbre-matrice comme un vulgaire insecte. Mais Skål n'en avait cure. Sautant à bas de sa monture, il se précipita vers Øolfur, vers son fils agonisant qui gisait sur le sol, brisé, comme un pantin désarticulé.

— NOOOON ! Øolfur ! Øolfur !

— Pè… re…

— Øolfur, reste avec moi, fils !

— Pè… re…

— Ne me lâche pas !

— Je… je… plus… sen… tir… ri…en. Fr… fr… oid.

— Je vais te sortir de là. Accroche-toi !

— Moi… par…tir…

— Dis pas de bêtises, fils ! Tu es l'élu ! Tu ne peux pas laisser tomber maintenant !

— Pè… re…

Øolfur leva péniblement le doigt, indiquant quelque chose derrière l'épaule de Skåljamund. Celui-ci sécha les larmes qui coulaient sur ses joues d'un revers de main et se retourna. Le grand Gollarssss s'arqueboutait sur les racines saillantes de l'Arbre-matrice, tentant de se libérer du fragment de lance qui le maintenait cloué au tronc. Des escarbilles brûlantes jaillissaient de ses doigts en des efforts désespérés pour se défaire de ce piège. Mais déjà l'improbable se produisait ! Elles s'éteignaient aussitôt, l'énergie magique drainée trop vite hors du corps divin. Le sang du dieu suivait les sinuosités de l'écorce et gouttait dans la matrice de l'Arbre, lui transmettant sa force. Et le bois de la lance ainsi nourri, reconnaissant le tronc-père dont Øolfur l'avait séparé, reconstituait ses liens avec les fibres de l'Arbre, se nourrissant de la force vitale de Gollarssss. À chaque seconde qui passait, la bouture devenait plus vigoureuse, et bientôt le morceau de lance était de nouveau une branche vive de laquelle s'évertuait de se dégager le dieu des Hommes-poissons. Celui-ci tempêtait et griffait l'air, enragé, alors que de nouvelles racines se formaient et l'enlaçaient. Il tenta de cracher quelque nouveau sortilège, ses crocs jaunis souillés d'ichor :

— Ss'shassh'kedassh ?! Ss'shassh'kedassh ?! Alaessh'ss ! Kssarhss' !

Mais rien ne suivit ces paroles. Trop faible était devenu le dieu. Skåljamund reposa délicatement la tête de son fils au sol, et s'empara d'une des esquilles provenant de la lance brisée. Décidé, il s'avança vers Gollarssss, insensible aux coups de ses pattes palmées.

— Tu fais moins le fier, maintenant.

— Libère-moi, Humain ! Libère-moi, et je sssaurai te récompensser !

— C'est trop tard, Gollarssss. Tu as perdu.

Et d'un geste vif, l'Homme de Kôr lui trancha la gorge. Le dieu expira en un dernier râle d'agonie. Les Écailleux étaient vaincus.

Amère victoire s'il en était. Certes, le Péon avait vengé sa belle Haerith et délivré les Plaines de Kôr des Écailleux, mais son fils Øolfur gisait maintenant terriblement blessé. Survivrait-il à la nuit qui s'annonçait ? Tant restait à accomplir, et Skåljamund avait déjà beaucoup perdu dans sa quête. De quoi demain serait-il fait ?

À SUIVRE...

SOMMAIRE

Episode I : La Nuit des Écailleux 9

Episode II : De Charybde en Scylla 25

Episode III : La Revanche des Hommes-poissons 43

Episode IV : L'Arbre-matrice 59

Episode V : Écailles, écueils et paternité.............75

Episode VI : Aube rouge 91

Episode VII : L'île à écailles 109

Episode VIII : Le Crépuscule des dieux 127

BIOGRAPHIE

Loïc Lendemaine est né en 1985 en région parisienne. Féru de littérature et de langues, il étudie tout naturellement ces dernières, avant de se tourner finalement vers le commerce international : il faut bien manger ! Grand voyageur, il parcourt depuis son plus jeune âge l'Europe, le monde, la Terre du Milieu et les galaxies les plus lointaines. Influencé tant par Maître Tolkien que par Pierre Bordage ou encore H.P. Lovecraft, il exprime au travers de ses gribouillages les histoires qui se sentent à l'étroit dans sa tête.

Du même auteur

Roman

- La voie de l'exilé, éditions Pulp Factory.

Nouvelles

- Tourbe millénaire, in Muséums, éditions Malpertuis.
- Santa vs. Ded Moroz, un conte de Noël, in Continuum 2018, éditions Otherlands.
- Bou-Bou by night, in Créatures des Otherlands, éditions Otherlands.
- Lupus Dei, les enquestes de messire Fulbert, in Promenons-nous dans les bois tant que le loup n'y est pas, éditions Otherlands.
- Semenia, in Continuum 2018, éditions Otherlands.
- The Saga of Egill Olafson, in The Northlore Series - Vol. II - Mythos, éditions Nordland Publishing (en anglais).

Dépôt légal : deuxième trimestre 2019

Achevé d'imprimer
par Amazon